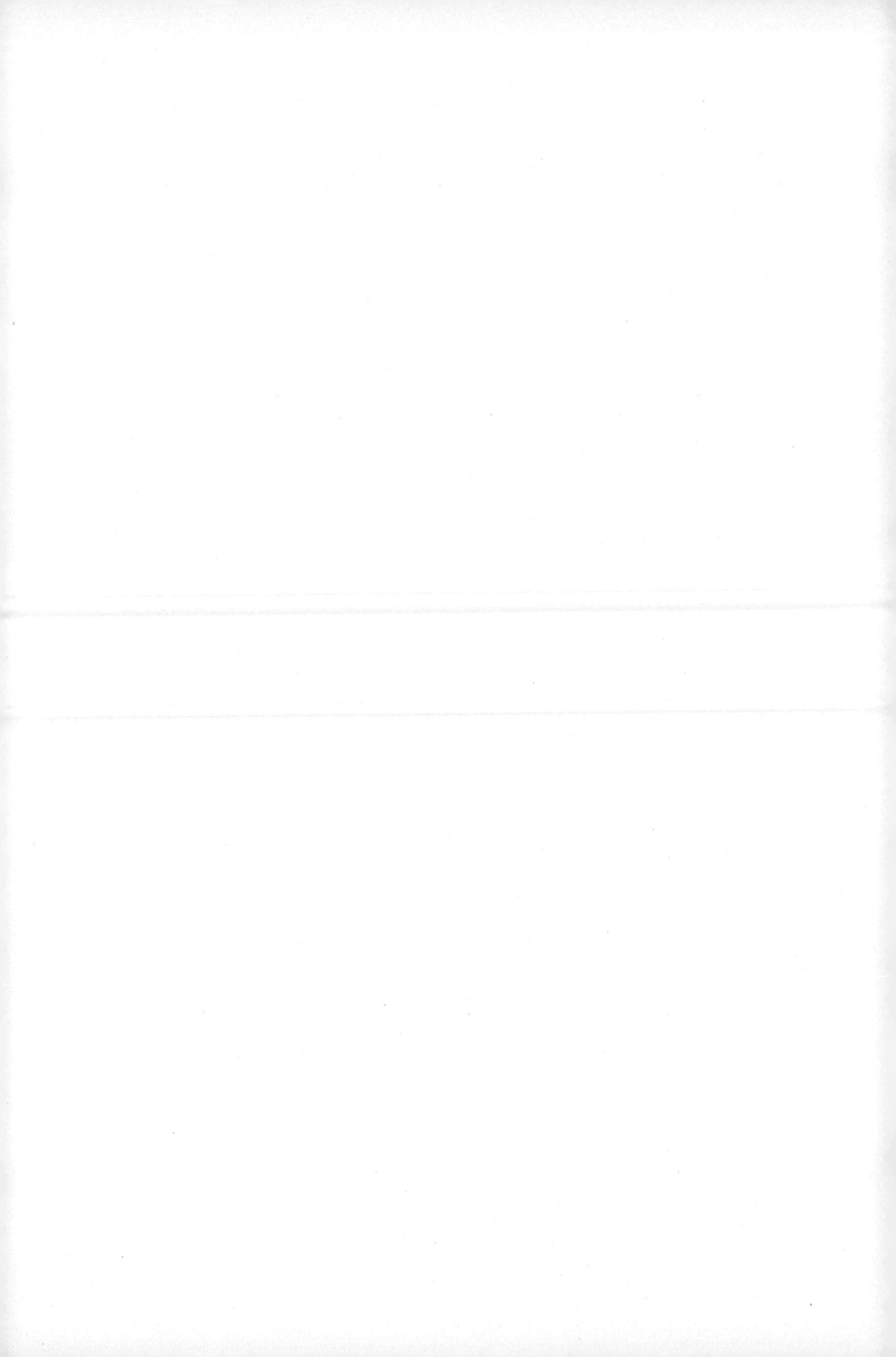

曲利明 著

曲利明

城市邻里

NIMALS AND PLANTS

在人类生存聚集中心的城市达成共识、共处，
寻找和谐的美好家园，需要人的智慧。
只有了解，才有共识，
方可共生、共存

海峡出版发行集团 THE STRAITS PUBLISHING & DISTRIBUTING GROUP | 海峡书局

图书在版编目（CIP）数据

城市邻里 / 曲利明著. — 福州：海峡书局，
2024.2　ISBN 978-7-5567-1199-4

Ⅰ. ①城…　Ⅱ. ①曲…　Ⅲ. ①散文集－中国－当代
Ⅳ. ①I267

中国国家版本馆CIP数据核字(2024)第013584号

出 版 人：林　彬
策　　划：李长青
著　　者：曲利明
插　　画：曲利明
责任编辑：廖飞琴　陈　尽　陈　婧
营销编辑：陈洁蕾　邓凌艳
校　　对：卢佳颖
装帧设计：董玲芝　李　晔　林晓莉　黄舒堉

ChéngShì línlǐ
城市邻里

出版发行：海峡书局
地　址：福州市台江区白马中路15号
邮　编：350004
印　刷：雅昌文化（集团）有限公司
开　本：889毫米×1194毫米　1/16
印　张：13
图　文：208码
版　次：2024年2月第1版
印　次：2024年2月第1次印刷
书　号：ISBN 978-7-5567-1199-4
定　价：78.00元

城市里的邻里们（绘画）

红花圣姿球

白鹭
赤红山椒鸟（雄）
池鹭
灰喉山椒鸟

前言

继《山居邻里》后，目光又转向了城里，用了一年的时间看二十四节气，看“城市邻里”，身边的动物、植物，潜下心来观察、了解、学习，受到许多启迪与感悟，萌生了第二本集子《城市邻里》。

从“居家”最小的生活圈说“邻里”，出家门的“小区”看“邻里”，走出小区大门逛“公园”遇“邻里”，融入“城区”探“邻里”，它们都有自己的生态圈，人也在其中。人很强大，离不开自然生态环境，避不开周围的动物与植物，无法独善其身。关注、了解，达成相互尊重，平等相待，在人类生存聚集中心的城市达成共识、共处，寻找和谐的美好家园，需要人的智慧。只有了解，才有共识，方可共生、共存。

生活在城市的动物实属不易，除了要学会如何与人打交道，还要遵守人类制定的各项规矩，否则难以进城“混”。也有不讲武德、为所欲为的动物、植物，很任性，间接或直接地与人发生冲突，自认为自己胆很肥，不打招呼，直接人身攻击。其实大型动物并不会主动攻击人，往往是那些胆大妄为的昆虫不知天高地厚，如蚊子、臭虫等，因为它们自己小，看谁都很高大，在它们的眼里也许大就是小，因为大的往往看不见也不在乎小的，所以它们从不畏惧对人进行攻击，吸人血，顺便施毒，还传播病毒，成了城市必除的物种之一。

壹·仰望高大树木的雄伟壮丽，低头也有弱小无名的小草惊艳无比

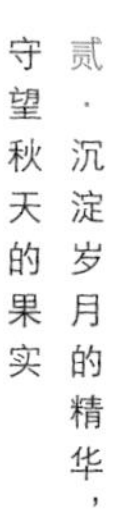
贰·沉淀岁月的精华，守望秋天的果实

人与动物发生冲突时，以人为本天经地义，丛林法则都以强者为尊，消灭或打压其他动物的行为是动物的本领。对付不了繁殖极强、对人直接或间接伤害的底层动物，如蚊子、苍蝇、蟑螂、老鼠等，人就会施展十八般武艺，发明各种器具、药物进行自卫反击，但人类始终无法彻底消灭这些不友好的害虫，大有“野火烧不尽，春风吹又生”之势。它们适应能力极强，与人类周旋，顽强地活着，也许它们认为自己没建错家，是人抢占了它们的地盘。

大多数的昆虫经受不了如此毒药，早已被清出城市的生物圈，不见了踪迹，能存活下来的都是经历百毒不侵、置之死地而后生的物种。它们苟且地活着，时不时出来露出自己的本性，城市不得不每年都有几次清除毒害、喷洒药物、投放饵料的除害活动。

人自认为最强大，是地球上至高无上的统治者。地球上能看见的动物，都不是人类的对手，但万物一物降一物的自然规律永远不会缺失。自青霉素发明以来，人类疾病谱发生重大改变，但各类新发传染病仍不时对人类构成挑战。

动物只是靠自身的力量取得胜利，在进化的过程得以平衡。而人类创造了身体以外的武器，毫无节制地使用，会不会有一天因为自己的发明而毁灭了自己？规矩是集体博弈的结果，每个人所处的人类生态圈的层级、位置都有定数的，读懂、看懂了自然界的生物，也就看懂了人类自己。

我们只是没有更多的时间去观察、了解它们，人是这个自然界动物的一种，与其他动物的区别是增加了道德、文明的约束，但动物的本性基因还在。在进化的过程中，下一代不听上一代人，颠覆上一代，这就是人类的进步。科学家也在不断地证伪，颠覆前辈的科学理论才能成就自己的地位，这就是基因的传承，进化的过程没有发生根本的改变。大自然是一面镜子，人类的美与丑、善与恶都能找到对应的出处。

人类对动物，有更直观的了解与认知，因为人本属动物，划分到灵长目智人种。对植物的竞争、杀戮、弱肉强食的丛林法则感受不深，认识肤浅，其实它们的生存竞争同样精彩，动物身上发生的故事，植物毫不逊色。在观察窗外二十四节气时，映入窗前的榆树、橡皮树、大花紫薇树就是一本活生生的植物真实写照，是一部极其缓慢、肉眼看不见的精彩科幻剧，充分展示了植物本性与人性相通之处。

宇宙之大，我们知道甚少，冥冥之中又感觉存在，人们慢慢相信神学、玄学、造物主，衍生出妖魔鬼怪之说，我的理解是：这些只是人们对宇宙未知的一个代名词，一个不解的疑问，一个未经证实的猜想。

进入暮年，才认真看了一次二十四节气，关注了身边同伴里的“邻里”，更是深刻地反思了自己。

目录

白话·摄影·绘画·
动物·植物·
胡思乱想

居家

JU JIA

生命无处不在，居家就有我们的邻里。昆虫、鸟类、爬行动物、植物就在我们身边，只是我们没有认真观察、了解它们。可家里动物、植物与人不离不弃，不时在人们面前露脸，丝毫不把自己当外人。同在屋檐下，不愉快的事经常发生，惹得人们很不高兴，老鼠、蟑螂、蚊虫、蜘蛛都是人不待见的邻里，招致杀身之祸是常有的事。铲除不该出现的杂草也绝不手软。

换个角度看身边的邻里，别有一番滋味。人与人的相互学习，不如向身边动物、植物学习，人类之间的那些事，它们身上都有，还能解读更深刻的意义。

报晨鸟 ◎

不在地面寻食时，往往居高临下，目空一切

天还蒙蒙亮，外面路灯照射在窗帘上，还不见丝毫的晨光出现，乌鸫就扯开了嗓子歌唱，安静了一夜的小区，被它唤醒，新的一天开始。

乌鸫准时鸣唱，白头鹎跟随其后配声，不知它们是为同伴报时，还是为人们起早报点，还是第一时间向同伴炫耀自己嘹亮高亢的嗓音。不管怎么说，这只乌鸫与众不同。清晨歌唱，嗓音清澈，不偷懒，鸣叫时间长，不多见，称之鸟类歌唱家不为过，是只好鸟。

清晨报晓，过去都是公鸡干的活，听鸡打鸣，告知天明。鸡鸣狗吠，闻鸡起舞，在城里都用不上这些词。后用来形容摄影人勤奋，起早贪黑拍日出日落，“比鸡起得早，比狗睡得晚”。

城市高楼林立，人们都搭建到空中居住生活，鸡、鸭、狗没有安身之地，就没了用武之地，自然销声匿迹。但有些住别墅的，看见院子有块空地，年纪大的有情结，心里痒痒，就想把老本行拿出来遛遛，养花养草，不如养鸡养鸭，养上几只，闲情逸致，还有鸡有蛋吃。成年后的鸡，不改本性，天不亮就打鸣，引起周边住户的极度反感。城里人不能与农村人比，田地里劳作一天，倒头就睡，天塌下来也不会醒，鸡鸣狗叫都当是催眠曲。生活在城市的人，需要清静，城里人干脑力活的多，做体力活的少，神经衰弱常见，大多睡眠有些问题，喧闹声太大，天不亮就被吵醒，当然不愿意。

乌鸫长得像八哥，又有些像乌鸦，生性胆小。雄鸟全身黑色，雌鸟羽毛为褐色，见人鬼

鬼祟祟，低头快速走几步就停下来，立足伸头四周观望，警惕性极高，猥琐得很，不招人待见。若不是它那橙黄色的眼圈与喙（嘴），很难发现它的存在。

乌鸫属杂食性鸟类，吃昆虫、蚯蚓、种子和浆果，常在污水沟、垃圾堆、阴暗的脏地出现它们的身影，寻找食物。我将乌鸫列入城市里的“清道夫”，城里的清洁卫生也有它们的一份功劳。

我常想如果公鸡还在，能否容忍乌鸫的放肆。自从人类驯化野鸡以来，公鸡打鸣是农耕时期人类起早判断时间的重要依据，公鸡报晓是职责所在，顺理成章的事。如今被乌鸫抢占了功劳，失去了工作，会不会怒冠冲天，将鸣叫时间提前或将音量提高，来改变被动的局面？公鸡的体型比乌鸫大，赶走乌鸫不是个事，但乌鸫高高在上，根本不将鸡放在眼里，公鸡鞭长莫及，也无可奈何。

天不亮就被乌鸫的叫声闹醒，时间长了也就习以为常，提早预告天亮，但离出工还有时间，醒了还能睡会，对我的睡眠影响不大，其他住户就不得而知。但是小区有人提意见，要小区的保安上树赶鸟，让物业哭笑不得。

乌鸫算得上是吉祥鸟，在古代很受人们的欢迎，唐代诗人王维、杜甫用诗来赞美。有时听它那不厌其烦的鸣叫，静下心来聆听，还有些动听，悠扬婉转，音节多变，声调灵巧。也许乌鸫的外表不入人眼，影响到它的歌声。它长鸣不停，高歌一曲又一曲，是炫耀，还是求偶，不得而知。但它那准时报晓，不厌其烦鸣叫的精神，值得赞赏，是小区众鸟中当之无愧的歌唱家。

天亮需要一个报时，既然公鸡不报晓，环境就进化另一个物种替代。乌鸫是否能担当起这个重要职务，是一时兴起还是持久，我们拭目以待。

壹·负责这片小区报晓的乌鸫，天蒙蒙亮就在这棵大树上发出鸣声

贰·幼鸟

叁·不锈钢晒衣架，成了乌鸫的落脚点

肆·亚成鸟

壹

贰

叁

肆

◎房前屋后的生命奇观

龙葵草占据了下水口的有利位置，就算不下雨，也能吸收到充足的水分

房前屋后，杂草丛生，藏污纳垢；不起眼的犄角旮旯处，时常会冒出让人惊奇的小花小草，在阳光照耀下暗香浮动，艳射四周。熟悉的环境，不经意的美往往让人驻足停留，浮想联翩。

肆·花不在大小，若灿烂，山海无遮拦

伍·夹缝中，生命无处不在

陆·给点阳光，就灿烂无比

壹·开花
贰·结果
叁·成熟

伍

陆

壹·不起眼的花草，在阳光下都会有惊奇的表现

贰·在仙人球的小盆景里，不失时机展现自己的无名小草

叁·阳光下，绽放着生命的希望

肆·谷雨，门口的络石花盛开，舒心养眼

伍·花蕾，开花，凋零，浓缩着人生哲理

陆·不经意间，都会有惊喜

壹

壹·微距下的花朵细节

贰·三裂叶薯（外来种）盛开

叁·巴掌大的腐土，就能造就一座小型的天然盆景

壹·红花酢浆草

贰·为庭院增添一抹色彩

◎见缝插针的花草

壁画

飞上屋顶的野草，找到了适合它们生长之地，安营扎寨，安身立命，牢固的根须，精彩的表现，利用高楼大厦的地势，争得阳光雨露，与高高在上的大树分庭抗礼。

生命顽强，年复一年，周而复始。久枯春绿，欣欣向荣，不屈不挠，不争名，不夺利，默默地生长，为这无限的春光添上一抹亮丽的光彩。

壹·裂缝的墙体，飞来青草入住

贰·墙体四周，有缝隙的地方，都有花草盛开的景致。

壹

贰

◎黄鹌菜花

找个古董做背景也不错

难得一年芳草绿，生命力极强的黄鹌菜花，也开出几朵珍贵的小花，开始了它们一生的启程。生命不仅在长短，更在于内涵。

壹·褪色的白墙，衬托迎春小花，冰冷的墙面顿时光彩夺目

贰·黄鹌菜花争先恐后地睁大好奇的眼睛，欣赏凉台上的陌生景象

从石板缝爬出来的琉璃繁缕属

五片紫蓝色花瓣，五片粉红色花瓣，支撑着五点小黄花

凉台上铺的石板，日久天长缝隙里积累不少的污泥，数亿计的细菌拥入石板缝里，给风吹过来的各类杂草种子提供了生存场所。琉璃繁缕属是众多杂草比较亮眼的一种。

进入春季的3月，天气忽冷忽热，气温有时高达30℃，植物要早于动物结束冬眠登场。一个有趣的现象，房前屋后都是小的、弱的植物先出现，大树、生命力强的芦苇跟在其后，前后井然有序，避免扎堆争夺阳光和雨露。高大、强者迈着从容不迫的步伐，按照四季出场。小植物大多活不长，几个月的“阳寿”就魂归故里，只见春光明媚，不见炎热和严寒。

引起我关注的琉璃繁缕属草，是因为就在洗衣池的脚下，从一处破碎的墙缝里延伸出来。墨绿色的小叶片，四棱状，茎匍匐地面缓慢上升，众多分枝交替。真正吸引眼球的是五片紫蓝色花瓣，五片粉红色花瓣，顶起五点小黄花，冷暖配搭非常和谐，花虽小，但十分亮眼。

壹·雨水，琉璃繁缕属草从石板缝里冒出一棵嫩芽，生机勃勃，绿意盎然

贰·春分，生于田野荒地中，细根从石板缝中伸出，茎匍匐一段后上升。全草有毒，三月开花

叁·小满，平躺的枝条昂然挺胸，享受甘露的浸润

肆·清明，琉璃繁缕属花盛开，发出最强的生命力

伍·芒种，琉璃繁缕属草结出了饱满的果实，等待阳光的最后普照

陆·夏至，三个月生长的『天命』，腐烂的藤根，已经渗透在地板上，完成了生命轮回

我留下它自由生长，没当杂草拔除，脚下时刻注意，避免踩踏它，这已经“侵犯”我活动的范围。从立春至小满，短短的三个月，琉璃繁缕属草生命走到了最后，没了绿叶，结成的小果子也因为连绵不断地下雨，长期浸泡在水中开始腐烂，根与叶贴在了地面，成了凉台上石板缝里的腐土，随着果子一同埋入，等到来年又生。

从果壳内部看，里面的都是绒毛状，完全靠随风飞散而传播后代，不看重缝隙中的生存之地。天公不作美，石板缝里的生命停留在芒种节上，就是有阳光出现，也无法起死回生。

琉璃繁缕属草只活一个春季，无法与夏、秋、冬相见，春初闪亮登场，春末黯然谢幕，万物自有天数。

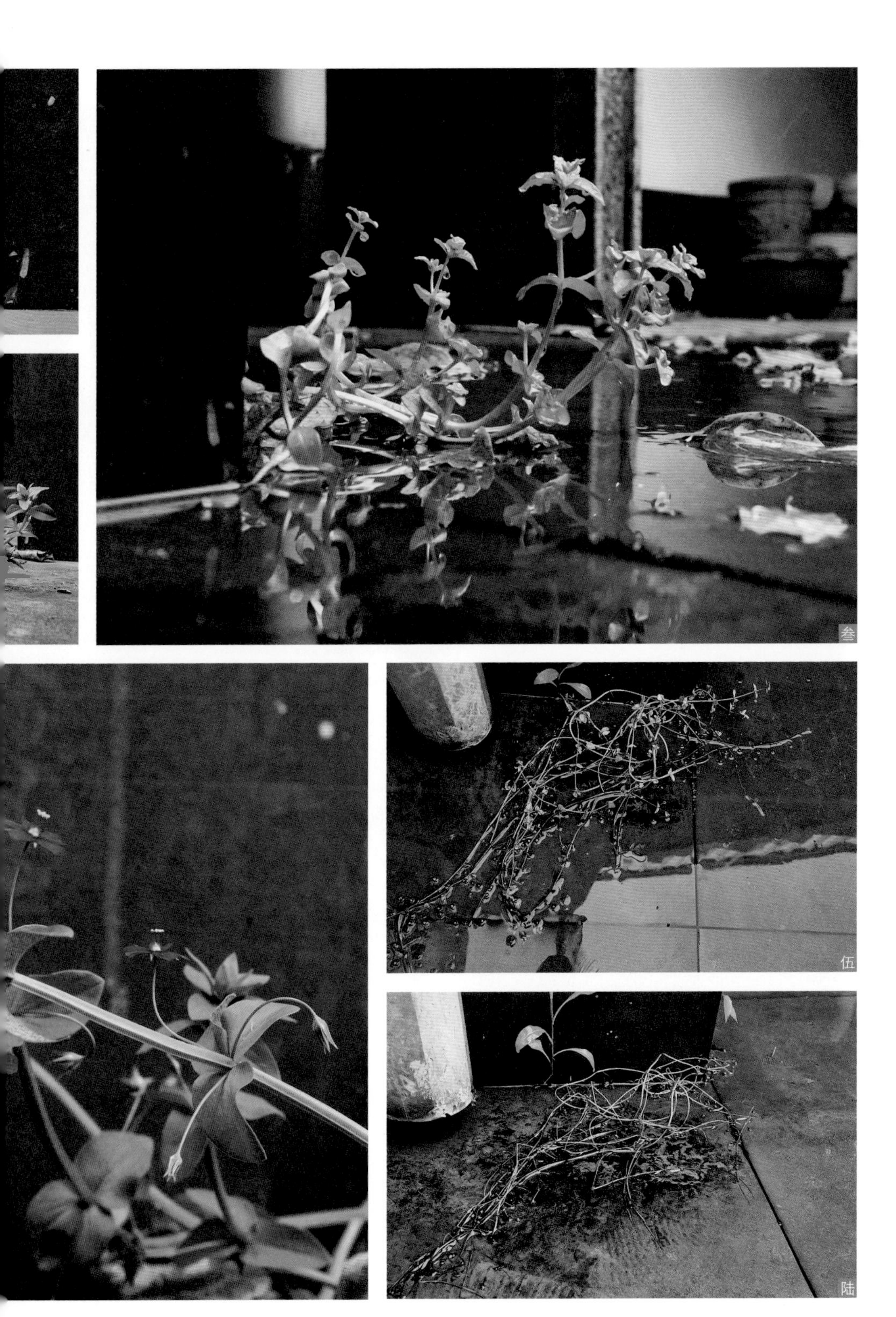
叁
伍
陆

惊艳一角

一朵丝瓜花从窗前探出了头，在阴暗的背景衬托下显得格外抢眼。一个夏季未见它露脸，进入秋分才显露头角，不按规矩出牌，乱了人们栽种时节。

平时没空，园子里杂草丛生，加上天气炎热，很少走出去瞧瞧。看见丝瓜花探头进窗打招呼，也不能不给面子；走出门口，眼前的情景，方知踏入了秋季。

持久的高温，大多杂草都已经枝枯叶黄，日落西山，没了生机。唯独丝瓜燃起了生命的火焰。不知何时从杂草堆里冒了出来，可能是吃过的瓜留下的种子倒入地里，几条绿色的瓜藤，有条不紊地分出几路，爬到枯草叶上、栅栏上横行。丝瓜在杂草丛里已经成熟过头，瓜体发黄、发硬，吊在栅栏上的几根细嫩诱人得很。摘下几条食用，意外的收获，不劳而获，有些暗喜。

记得小时候老人常说，入秋的瓜果很毒。小时调皮常常弄得手脚伤痕累累，发炎的伤口，吃丝瓜、茄子后，炎症不退反而更严重。如今撸起裤子，看看膝盖的伤疤有多少，就能判断童年好动调皮的程度。腿脚受伤是常有的事，不去理会过些日子就会自然恢复，这就是人体自我修复的本能。如今碰到流血有伤口就去打破伤风针，吃上几天消炎药也大可不必。在伤口出现肿痛、发炎恢复的过程中，吃了茄子、丝瓜病情加重、持久是亲身体会，老人有些话说得千真万确。

福州沿海气候不同于江西，突显夏季，削弱春秋，没了冬季，四季不明，无法对眼前的瓜果做出判断。同一个种类，在不同的地域生长，结出的瓜果千

壹 · 不经意间长出几根丝瓜

贰·争奇斗艳

叁·窗外开出耀眼的丝瓜花，吸引主人的注意

差万别，不能一概而论。自己的亲身经历，切身体会，秋天见到此类物，还是小心为好。

丝瓜花窗前探头招呼，似乎是告知屋里的主人，丝瓜熟了。我入园深知，秋天却增添了春意，丝瓜花的出现，硬是将秋天拉回到春天。由枯黄、绿色衬托，由秋天的杂草衬底，不用打理的园子按照自然规律进行生长。虽然不尽人意，但自然、顺心、耐看，有诗意。

◎腐土众生

铲除杂草，堆在一起开始腐烂，伴随着大量的尘埃聚集，招来众多的杂草争夺，在此相聚，杂乱无章，漫无目的。

屋顶隔热层有一小块腐土，像是台湾岛的一座微型地图，招来了众多杂草停留聚集。巴掌大的一块土，有几十种不同类别的青草相聚，淡绿色的青苔铺底，其他物种争先恐后地冒头，一座小型天然盆景自然形成。

秋冬的蕴藏，盼望春天的来临，充沛的雨水与气温回升，开始了生命的希望。一年四季，生死由天，化腐朽为神奇。

壹·石板缝上，覆盖了一堆腐土，招来了众多植物聚集，在有限的腐土中争得一席生存空间

贰·近距离观察，大小品种不同，生机盎然，生长旺盛

叁·进入夏季，尘土易主，大多小草已经退场，生命力极强的茅草占据主导地位

肆·酷热从夏季延续到秋季，最顽强的茅草，还是没坚持到最后，没了生命迹象

伍·到达冬季，植物四季赛到达终点，终于走过一个轮回，

陆·入冬后的几场雨水，腐土块又恢复了生机，死灰复燃的茅草重振生机，红绿色的杂草点燃了生命的希望

◎马齿苋

不经意间，一丛马齿苋从小院石板缝里钻了出来，匍匐在光滑的石板中，生机勃勃，充满活力。

它出现的地方、时机不对，让我吃惊。如果是春天或初夏，是在菜园、农田、路旁，都不稀奇。可眼下是“寒露”，小院的其他杂草枯黄，它却春意盎然，从坚硬的石板缝里，从少量的尘土中脱颖而出，不禁让人肃然起敬。

知道马齿苋耐旱、耐涝，但今年高温时间长，加上长时间不下雨，石板的温度，估计有时会达到60℃，足以将鸡蛋烤熟，它居然能活下来，而且蓬勃旺盛，不得不让我另眼相看。

马齿苋是野菜最常见的一种，从小就采摘吃过，说不上好吃，酸酸的，记忆深刻，只当野菜吃。如今生活好了，只要是野生的、原生态的、能吃的，都成了宝，成了养生的最好食材。马齿苋在菜市场常见，5 元一把随便挑（估计一把也有两三斤），都是农民顺手在田边采摘，拔上几棵就有一大把，用根尼龙绳捆绑成一份，用不着称，估算就好。不花人工伺候的东西，也就不当一回事，卖不出什么好价，赚个零花钱罢了。

如果在网上一查，就会吓死人，碳水化合物低，除含有蛋白质、苹果酸、维生素、脂肪、粗纤维，以及钙、磷、铁等多种营养成分外，还具有极高的药用价值：适用于热毒血痢，痈肿疔疮，湿疹，丹毒，蛇虫咬伤，便血，痔血，崩漏下血，有杀菌消炎的功效，能保持血糖稳定，降低血压，保护心脏。算了一下，能治百病，更稀奇的还有防癌之功效，疗效已经达到灵草仙丹的级别，就差把天吹破了。

马齿苋真能防癌，估计山里人会拔得寸草不生，其他沾亲带故的野草也会随行就市一起扬名。一种很平常的植物，硬是被吹得没边，这种胡扯的话肯定不会出自农民嘴里，有吹牛的本事，也用不着“面朝黄土背朝天”地辛勤劳作，开个吹牛公司，把满山遍野的野草吹个遍，比城里人过得还要舒坦。

我到菜市场看见就买，这种野菜不打农药，不施化肥，吃起来安全。治百病里有降血脂、降血糖的功效，虽然不信，但求一个心理平衡，更多的是儿时口味，一份念想。

壹·秋分，发现石缝里长出了一棵马齿苋，生机勃勃

贰·寒露，经过今年最长的高温晒烤，进入成熟期

叁·藤叶交叉，四处蔓延

肆·根茎交错，发红，如同人体血管穿插有序

伍·几片叶子，中心开花、结果

陆·经过炎热的暴晒，马齿苋掉光了叶片，只剩下血管般的茎枝

柒·秋天无雨，连续长时间的暴晒，生命走到了尽头

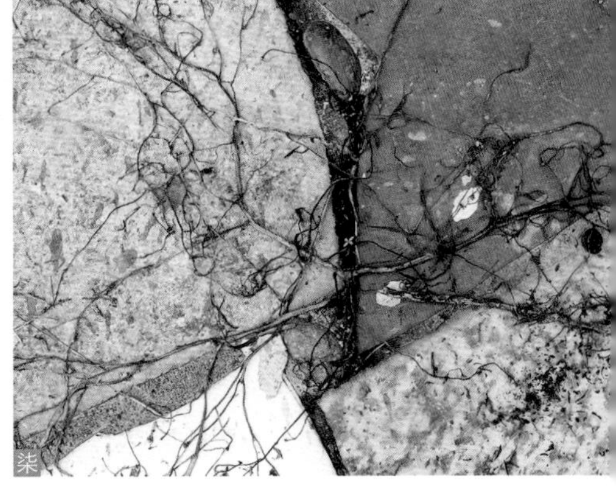

日月更替，岁月留痕

◎芦苇，占据了家的最高点

清晨，当人们还在睡梦中，芦苇是最早迎接朝阳的一族

清晨，它最早迎接朝阳升起。一年，它用色彩换装告知季节的来临。它用一生，演绎生死轮回的自然规律。时间、生死都在造物者安排之中。

壹·延至春分与清明交替，新的芦苇绿叶才开始强势从太阳能管中伸出

贰·夏至到小暑，才真正完成芦苇的全新换装

叁·立秋还在延续夏日生长旺季，进入寒露丝毫不见芦苇的衰退

肆·大年初一，晚上的鞭炮夹着雨水，城市笼罩在烟雾中，芦苇没了生机，挂在枝上的露珠在阳光下银光闪闪，晶莹剔透

◎芦苇招来了白腰文鸟

壹·警觉、机灵，是白腰文鸟常见的神态

贰·强有力的三角形尖嘴，可轻松咬断枯黄的秸秆

房顶上，不知道何时顺风吹来的芦苇种子，落在太阳能管架下，生根，开花，结果，在屋顶称王称霸了好几年。遮阳板上的尘土大多被它占据，其他植物熬不过四季就消失殆尽，可它依然生机盎然。

前几年清理过几次，收效甚微，越清越旺，最终禁不住它的顽强，强行占着凉台，生生不息。它生长的位置特别，在铁架里面，要爬行弯腰过去，盘根错节的根系，钻进了地板缝里，无法彻底连根拔掉，除非水泥地板掀起换新。多年的水泥板也开始老化，缝隙也越来越多，成熟细小的芦苇籽，早就布满各个角落，此处清理干净，来年生长更旺，冬季清除，春风吹又生。我甘拜下风，随它自由生长，屋顶上成了江湖、河边的景观，牵衣弄袖，翩然起舞。

壹

贰

毛茸茸的芦苇花里，藏着丰富的果粒，是白腰文鸟的食物来源

芦苇草大多长在荒山野郊，特别是池沼、河岸、溪边，以及各种有水源的空旷地带。它们抱团取暖，生命力极强，常迅速扩展。几年后其他的物种都难以生存，纷纷腾出地盘让它繁衍扩张，逐渐形成自己的种群。

一种植物的诞生，就会有另一个动物的光临。在山里、江河湖畔成群结队的白腰文鸟，也光临屋顶。秋天成熟的芦苇种子是文鸟的最爱，攀爬在芦苇秸秆上，随风飘摇，两只爪子苍劲有力，三处关节筋骨强健，爪尖弯长锋利，360 度空中旋转轻盈灵巧，硕大的嘴成等边三角形，锋利的嘴尖轻松撬开坚硬的果壳，啄食芦苇籽，撕断淡黄色的芦苇秸秆不费吹灰之力。

清明时节，芦苇渐渐枯黄，秸秆重新冒出绿叶，迫使老梗脱离，也正是鸟儿的繁殖季。一对白腰文鸟夫妻正在忙碌地用嘴剪断枯枝败叶建造巢穴，硬秆横竖在树杈之间，是建造鸟巢的主体结构。芦苇顶端的细毛铺在最里面，柔软舒适，刀片式的叶子用在软毛的外层，防风挡雨，包裹严实，几层重复搭配建造，需要大量的芦苇材料，小小的白腰文鸟，住进了别墅式的巢穴里，万无一失，安全牢固又舒适。

文鸟是高产物种，可连续繁殖 3 ～ 5 窝，找到一个有吃又能建窝的地方不容易。在城里没了弹弓、气枪之类的伤害，人与鸟达成了和谐相处的默契。郊外凶猛的动物吃文鸟蛋，但怕人，它们轻易不敢进城，因此市区肯定比郊外更安全。

过去瞎子算命，将黄雀、鹦鹉、白腰文鸟训练出抽签的本事，增加他能掐会算的可信度。但麻雀无法驯服，只要把它关进笼子里就会绝食而亡，麻雀有一个无法征服的自由灵魂。白腰文鸟通人性，容易被人驯化。在它啄食时，人靠近几米都不会离开。个头小，还能看清基本特征，头尾黑色，眼眶一圈白眶，三角形尖嘴上黑下灰白，通体黑、灰、白、土黄色组成。常成群活动，十余只在一起，常与麻雀混群，只喜欢吃带壳的种子，三角形的嘴咬合力极强，脱壳取米粒不费吹灰之力。屋顶的芦苇丛中，时常见白腰文鸟与麻雀轮流啄食，相互错开时间到来，偶尔同时出现，也相安无事，毕竟体量相等，争斗难分输赢。

白腰文鸟可攀附在细小的芦苇秆上寻找食物，随风飘荡也不影响其啄食。麻雀似乎没这个本领，两只脚的工夫远不如白腰文鸟，熟透的芦苇种子落地，它们相互同时进食，也互不干扰，和平相处，没因抢食发生争斗。

屋顶墙角缝里的一点土壤，让各种植物繁衍生息，植物与动物生命紧密相连，共同组成了自然世界。新的淡绿色叶片，掩盖了枯枝，仿佛在告诫老叶，你应该让位了，不管是否愿意，落地成灰，飘洒大地。

我们出生、长大、成熟、繁衍下一代，总有一天也会死亡，销声匿迹，被我们亲手扶植起来的下一代替换。

壹·白腰文鸟

贰·抬头又是秋，方觉岁月匆匆

◎窗外观节气

我一直关注动物行踪变化，却从未对植物进行认真了解。每当醒来还活着，生命又开始了周而复始的运转，窗外的几棵树最先进入我的视野。植物邻里是如何生存的，引起我的极大好奇心与想象力，短时间看不出什么变化，将时间拉长，用一年二十四节气看它们的表演，也许能看清它们生命状态，与动物一样，充满着危机四伏、刀光剑影、暗藏杀机……

◎2月4日 立春

窗外的这棵榆树，算起来也有二十几年的树龄，年复一年，已经长成了连排别墅高了。每天拉开窗纱，它第一个映入眼帘，塞满窗格子，不同的季节换上不同的盛装，告诉你季节来临的准确时间。然而对照日历，总是比二十四节气划分要滞后一些，毕竟二十四节气起源于黄河流域。福州城的气候，看窗外这棵榆树来判断四季似乎更准确些。树有四季变化，窗前的这棵榆树脱光了“外衣”，留下枯黄的小叶片等待春天的来临。但周围的草树都呈绿色，虽然它们都在休眠，绿色的景象还停留在夏季，并没按照四季脱胎换骨，而是按照人的生老病死听天命。新叶冒出，老叶枯黄，默默地离开树枝，空出位置，为年轻的新叶腾地，魂归树下，化作尘土。

进入大寒，树叶完全枯黄，没了生机。榆树需要休眠，无暇顾及飘在树枝上的叶片。榆树需要换装，指望来年的新叶，迎接更浓郁的绿色展示雄伟。

一阵寒风吹来，小叶片满地飞舞，飘落到房屋的各个角落，凉台、窗缝里都是它们的归宿。刚清理干净，又像雪花飘洒一地，待所有枯叶离开了树枝，房屋前后才能得以清静。

高大的榆树，没了叶子，光秃秃的像被人扒光了衣服，一览无遗地暴露在世人面前。这个冬天，虽然没有冰雪，但这个时间也是最寒冷的，榆树必须经受风寒的考验，严冬的洗礼。

立春，树上叶片枯萎呈土黄色，外面的植物还刚刚进入冬眠，一直延续到清明才发出绿芽

◎2月19日 雨水

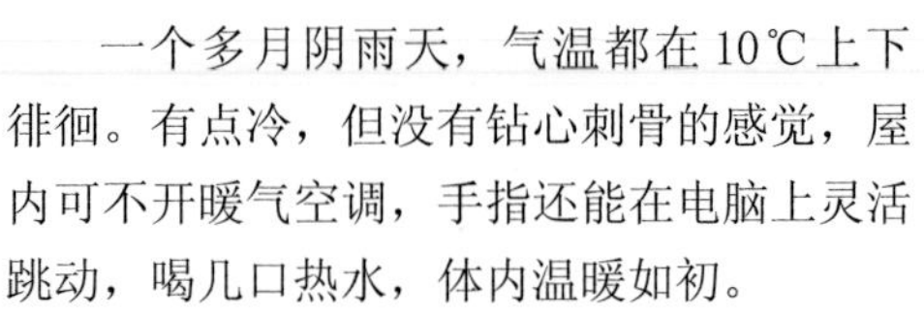

一个多月阴雨天，气温都在 10℃上下徘徊。有点冷，但没有钻心刺骨的感觉，屋内可不开暖气空调，手指还能在电脑上灵活跳动，喝几口热水，体内温暖如初。

西伯利亚的寒流大举来袭，从北至南，横扫大半个中国。所到之处，雨雪交加，湿冷难熬，这也是福建十几年来最大的一场雪。东南沿海的暖湿气流与北下的寒潮相交，武夷山脉也没阻挡住这股强大的气流，降雪直逼福州城。周围的高山上都纷纷飘下了雪花，对没见过雪的城里人，机会难得，网上一片欢呼，个个按捺不住激动的心情。赶上两天的休假日，一家人赶往附近的山里看雪景，拿着手机拍摄，转发到朋友圈晒雪图显摆，城里人沉浸在雪的狂热中。

雨水，褐色树叶保持冬季的本色

也有不尽人意、堵心的时候，到雪峰寺观雪景的车辆太多，将路堵得水泄不通，三个小时还没到目的地，兴奋情绪大大降低。难得见到下雪的福建摄影人，更是觉得这是出好片的时机，个个拿着“长枪短炮”进入下雪区域猎影，随即，一则信息《福建下雪啦，摄影人迎来狂欢节》网上刷屏。一场雪，将人们的激情从寒冷中唤醒。

我想东北人看见这则信息标题，会不会笑掉大牙。我到东北去看五大连池，那么小的五个小湖，就像五个池倒了五大盆水，也觉得奇怪，常见与不常见，都是新鲜事。

寒冷进入城区，雨中夹着雪子，落在石板上跳跃翻滚，打在雨伞上噼里啪啦地响，这是下雪的前兆，也是寒冷的终点。福州城三面环山，一面向海，从大海输进了暖湿气流不停，与寒流相交，稀释了寒冷的成分。城里原本处在盆地，可储存大量的温室排放气体，加上热岛效应，让城市保持适当的暖气。

窗前的榆树，无法承受新一轮的寒潮袭击，不愿离去的枯叶纷纷落地，四处飘零。

福州从2月19日降温，最低4～6℃，维持三天，7～9℃两天，随之气温上升到两位数，开始了“过山车”的节奏。

3月5日 惊蛰

惊蛰，所有的物种都在一声惊雷中惊醒，开始复苏。

未听春雷声，只见春雨在滴滴答答地敲窗响。昨天气温接近30℃，年轻人都已经穿衬衣了，今天总算给了惊蛰一些面子，气温下降了近10℃，将节奏从“夏”又拉回到“春”。

从雨水到惊蛰，长时间的雨水，接近地面的楼层湿气大，开门开窗都往房屋里渗透着雾气。时冷时热，恰到好处的温湿度给细菌提供了繁殖的空间。衣服、家具、电器、厨房等都有霉菌的出现。一半雨，一半晴，趁着有太阳晒着湿漉漉的衣物，城市高楼，到处五颜六色，彩旗飘飘，像挂满了“万国旗”。

窗外的榆树，不见有啥大的动静，不时掉下来几片枯叶，还保持着冬天的架势，等待春雷的来临。

◎3月20日 春分

惊蛰进入尾声，一阵大风，随后狂风骤雨，路边的梧桐树叶纷纷告别母体，落叶归根。秋风扫落叶改成了春风扫落叶，跨过了冬，深秋该干的活推给了春分。

窗外的榆树经不住这几天30℃气温催促，树梢上开始冒出了新芽，树枝上还挂着细小枯叶，久久不愿离去。狂风暴雨过后，为前行的嫩芽清除枯黄残叶。旧的不去新的不来，老天适时派出风神雨神出手相助，自身无法解决的事情，借助外力。许多开花不能结果，靠昆虫传粉受精而修成正果。大自然神奇得很，看似毫不相干，却又相互依存。

窗外榆树嫩芽比前两天又多了些。风来得勤奋，清除那些赖在树上不愿离去的枯叶，微风吹绿叶，绿枝挂窗帘。

说好了今日春分是阴天，但还是春光明媚，百花盛开，小区楼下又多了游玩的人们。

壹·清明时节，半个月的时间，枯叶就不见了踪迹，榆树换上绿装

贰·清明时节，嫩绿的枝叶覆盖了整个大树

经历半个月的“过山车”，气温从个位数直接拉升到30℃，反复几次，窗外的榆树终于完全脱去枯叶，换上了绿装，残留的枯叶寿终正寝，春分与清明正式交接。

白色窗纱没变，窗外的色调由土黄色变成了淡绿色。一眼望去，小区的植物以绿色为主基调，大自然换了一套布景。将“不秋”“不冬”的植物颜色统一到绿色，总算给春一个完整的交代。

春光满园的日子，大小树木、花草有条不紊地按各自大小、先后顺序，先来后到地排列组合。但仔细观察，植物争夺地盘，抢占空间，争斗异常激烈。小区当年留给树木的空间有限，事先没为树木将来大小留足空间，只是按当时的树苗大小留有余地，想着尽快绿树成荫，鸟语花香。几十年后，小树成了大树，小花小草逐渐成长，为争夺有利自身的生存空间，全然不顾左邻右舍，相互挤压、渗透，抢占地盘。树上得不到阳光滋润，根下得不到足够维持生命的营养，不在竞争中生存，就在竞争中死亡。

榆树下面的一棵大花紫薇树，生长了几十年，只是成长慢些，被快速生长的榆树占据了上风，高度超出了一半。榆树遮天蔽日，将大花紫薇树压在了其下面，几乎见不到阳光，没了上升空间。往左是楼房墙面，没有穿墙的功能，顶上及左右被围堵，没了发展的希望。泥土下看不见树根战争，估计竞争更加激烈，比眼见露出地面的情况更残酷，根的粗壮才能保持树的成长，发达的根系更需要足够的营养维持，争夺地下的地盘获得充足的养分势不可挡。

除了榆树巨大根须占据的地盘，还有错落有致、大小不同景观植物布满四周，各自八仙过海，各显神通，活着就是硬道理。可怜大花紫薇树，在上下左右围追堵截中，至今未见冒出嫩芽，凶多吉少，生死未卜。弱肉强食，植物也一样，充满了你死我活的场景。美丽的景色，黯然失色。

绿树给人们带来养眼的景色，可它们为生存而争得你死我活，人们全然不知。清明是人们思亲的日子，我眼前的这棵满绿的大树，能否挺过邻里争斗而继续高歌猛进？地球上优胜劣汰，生存权永远只留给强者。

叁

谷雨，被榆树压制的大花紫薇树还是光溜溜的树杈

4月20日 谷雨

糖胶树干粗壮，高大，榆树的小枝小叶撼动不了它强大的体能，呈现继续往上升的竞争态势。

压在树下的大花紫薇树生来不高大，人类已经将它的命运安排在这个不合时宜的位置，只能忍气吞声，低下头，像个受气的小媳妇，始终弯着腰，放下身段活着。毕竟，好死不如赖活，生存下去才是硬道理，在适当的时候展现自身的美丽花朵，吸引众人眼球，偶尔露峥嵘。

立夏，窗外的植物铺满了绿色

立夏，是夏天的开端，意味着要与春天划清界线，气温上升，雨水增多，植物进入生长旺期。从窗外望去，映入眼帘的绿色已经从淡绿色转向墨绿色。榆树与糖胶树色差相似，交融在一起。如果不是从叶片上区分，很难划出它们之间的分界线。大叶的糖胶树发芽期晚些，但凭借它的叶大、叶宽的优势，正在奋力地将枝条向榆树空隙突围，虽然效果不佳，明显看见竞争的场面激烈。榆树布防密集、细致，上下左右不容侵犯的势态固若金汤。立夏期间，榆树占据了主动，处在有利的位置。

万物随着夏的到来，周围的植物蠢蠢欲动，为得到阳光、水分、有利的地形，将会全力以赴为生死而战。眼下的得失未必定输赢，要看谁能笑到最后。

小满 5月21日

过了立夏，进入小满，窗外的榆树填满了窗户，树冠的最高点已经接近四层楼高的别墅。树下的大花紫薇树被死死地压着，任凭绿叶光亮，枝繁叶茂，始终无法穿过榆树枝的封杀，大花紫薇树的树冠正在向周边往下延伸，弓成驼背状，更像是一把大伞，臣服于榆树之下。

最后垂死挣扎的枯叶终于落地归根，树下已经铺满了黄叶，在绿色草丛中，更显死得悲壮而耀眼。我借用一句季节描述，“秋风扫落叶”改为“夏日催枯叶”更为准确。

不管是否愿意，大自然的动物、植物都是自己生养的后代来取代自己，人活着也是如此，明知付出千辛万苦，完成一代又一代的接替，死而无憾。

芒种，榆树先抢占了先机，挤占橡皮树的生长空间

芒种，是夏季的第三个节气，含义是：“有芒之谷的物都可种，过了此节气就失效”。这个时节的气温显著升高，雨量充沛，空气温度高，往往在这个时间外面下大雨，里面下小雨，底层的楼房内湿漉漉的，霉菌大行其道，黑白菌丝纷纷在墙面上划出自己的地盘，弄得一面干干净净的白色墙体没了样，一时半会还清不干净。

芒种的田野，人们为禾苗弯腰，禾苗为人们挺直了背。看似平静、安宁、养眼的窗前植被，已经充满了危机。在一片绿叶遮挡中，里面的暗中较量，为维护自身的生存，残杀从没停止过。到严冬季节，落光了树叶，就能看清激烈场面过后的架势，就如大潮退却，才能看清谁在裸露。

生长是一种义无反顾地往前。

◎ 6月21日 夏至

夏至，是这一年中白天最长、夜晚最短的一天，植物在鼎盛时期。从这天开始，白天开始变短，夜晚开始变长。如同花开就会花落，兴旺就会衰亡，这个世界好像总要给自己找一个对立面，才得以自洽。

窗外的植物竞争不辱使命达到了顶峰，争夺地盘就是一场战争，需要足够的能量。各种植物的芽枝由嫩黄逐渐退却，淡绿色变成墨绿色。夏至意味着竞争已经结束，各自心安理得，收获了占有的生存空间，享受充足阳光滋润，过着眼下最惬意的美好时光。

城市里久不见阳光，大雨、中雨、小雨轮番登场，不时地出现大暴雨，更是搅得天昏地暗，仿佛天被捅破了，恣意妄为地从天往下倒水，将城市的街道、大小水渠、河道灌满，似乎在发泄不满。房间内配合着收不住的雨水，地面上、墙上湿漉漉。霉菌大行其道，在白墙上明目张胆地画出一块块黑斑图案，感觉住在多年没人的老宅里，阴森森的，都能拍摄鬼片了。

雨水连连，气温维持在20℃上下，雨停气温迅速上升，也没忘记已经进入夏季，时冷时热，犹如还在三月天。身上的衣服每天换了洗，洗了又不得干，湿气入体，各种毛病都钻了出来。医院人满为患，电热器、除湿器也随行就市卖脱销，生意兴隆得很，有人高兴，就有人愁。

窗外的高大榆树与矮于它的小植物进入生长旺季，楼顶上的苔藓及小草，估计顶不住炎热的高温，将会在这个季节生命走到尽头，生命与季节紧密相关。

我喜欢下雨，滴答、滴答的声音是催眠曲，好入睡。更大的好处是净化空气，消除尘埃，呼吸畅快。没完没了的雨天，把我对雨水的一点好感消耗殆尽。

小暑 ◎7月7日

夏季已经进入炎热期，雨季刚消停没几天，又迎来了台风天，热气加上忽下忽停的雨水，仿佛进入桑拿屋。室外的高温上下波动，衣服湿漉漉，人肉泡在水里，沮丧而又无奈得很。

窗外的榆树没了淡绿色成分，不愿离去的枯叶也不见了踪迹，最终落入故土，回归大地，没有谁能改变艳而不衰的自然规律。

榆树一如既往生长旺盛，不改四面扩张的本色，始终压制着大花紫薇树。到了开花季，紫薇花不失时机地从墙角处露出一串串艳丽的紫色花朵，一展英雄本色，不求与人相比，只求表现自己。

靠榆树边上的糖胶树就不那么安分守己了，两树出现高低不分，树杈、枝叶相互渗透与挤压，大有不甘当老二的地位。糖胶树叶子宽大，比榆树的叶子大了好几倍，但榆树粗壮，有三十几厘米，正是壮年期，有高大强壮之威武，当仁不让地占据主导地位。我在想，糖胶树占据最高点，抢占到阳光充足的能量，后来者居上是有可能，糖胶树毕竟正在青少年。榆树也意识到危机，在“能源”问题上，关系到生死，当仁不让。

动物世界里的狮子、猴子，称王称霸，王者妻妾成群，不可一世，但最终会老去，江山易主，山河变迁。

今日是大暑，夏季的最后一个节气。

气温也非常给力，预报最高41℃，而且长时间持续保持在39～41℃高温，真实的温度还不止。自来水管露在阳光下，流出的水都烫手。太阳下“蒸”个鸡蛋不能全熟也能半熟。

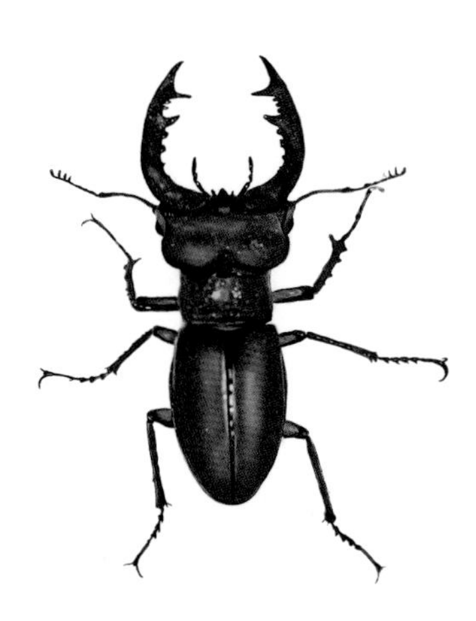

开门开窗，一股热浪扑面而来，每个人都躲进了小屋，在空调里平静地度过，偶尔有人在外行走都加快了脚步，小区安静了许多，快递小哥骑着电驴在小区内飞奔，上演速度与激情。外面的知了不停地狂叫，在与天叫板。植物在阳光下显得温顺，似乎享受这种温度，高大的树叶，少量出现枯黄，嫩叶没能顶住烈日的暴晒，有烧焦的迹象。

二十多年来，福州城这个气温少有，当之无愧能排在全国火炉的头位，高登榜首。

小暑大暑，上蒸下煮。外围的气温超出人体体温太多，体内数亿计的细胞都在经受高温的考验，体内蒸煮出来的水分，从身体各处如涌泉般冒出，似乎过高的体温是由于水分造成，挤出去才是细胞共同的愿望，换来新水入体保持平衡。大汗淋漓、汗如泉涌是人体调节体温的一种方式。

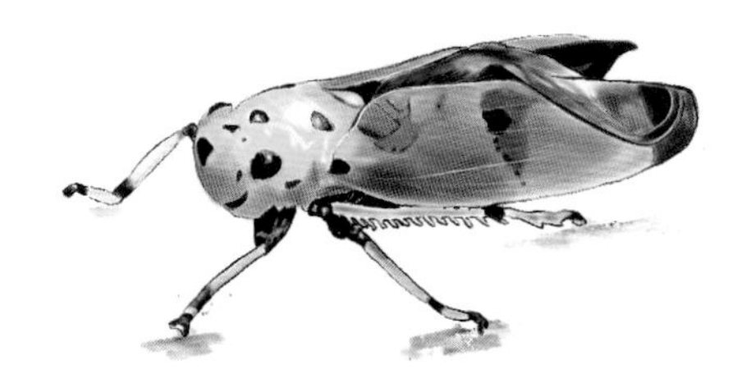

房顶上的杂草似乎就没那么幸运了，几天高温下来，缝隙里培育出来的青苔、储藏的水分也消耗殆尽，自顾不暇。有些杂草成焦黄，没了生命的迹象。在大暑没到之前就结出了饱满的果实，如同第一季的稻谷，抢在小暑前繁衍生息。今后它们又会到哪去，谁也不知道。脚下的这一小块繁衍生存的土壤，杂草还会不会继续生活下去，不得而知。

从春天到大暑，完成了春夏的使命，是最好的成长时期，不枉来世间一趟。留下的都是美好景象，激发后代的基因延续，毕竟适应季节变换，才是立身之本。

8月7日 立秋

壹·立秋，树上的枝叶转向深绿色，经历一个夏日的烧烤，焦黄的叶子挂在了树上

未觉池水春草色，窗前榆树已秋声，一转眼就立秋了。尽管屋外依然酷热难耐，热浪不减，蝉噪依旧，“秋”字浮出，心间难免有了一丝清凉。

室内开着空调，从窗外看着一群高矮不等树木，棵棵都有不俗的表现，在顽强的竞争中依然挺立，向着墨绿的色彩转换。

塞满窗台的榆树依旧不失风采，占据着霸主的地位，左挡右拦地控制着地盘。强压着下面的大花紫薇树，伸展无望，像是在苟延残喘，可怜地在有限的空隙处开花，不成模样，结出的果实更是零零散散，个个营养不良，估计成不了气候，将要枯黄凋零。

排在大花紫薇树靠前的一棵小紫薇树，同在紫薇属，更忍气吞声地从榆树下钻了出来，光鲜亮丽，养眼得很。走到树下才发现，里面鲜花盛开，却一片树叶都不见，身子光秃秃，剃了个阴阳头。离它不远处，有棵同类，枝繁叶茂、鲜花盛开，赏心悦目得很。在强大的榆树下只能忍气吞声，委曲求全不像样地活着。

糖胶树似乎不安分守己，大有挑战榆树的意思。从窗外看，糖胶树的高度与榆树相差无几，主干粗细相等；榆树的分枝胜过糖胶树，但树叶不如糖胶树叶大、宽、厚实。泥土下的根系更是暗潮汹涌，露在外面的根系都相互渗透到对方的领地，一场明争暗斗正在上演。眼前的榆树看似占有优势，糖胶树正在努力争夺制空权，地下的争斗输赢难料，最后的胜败看时间，它们还将在时间的赛道上争输赢。

矮小的鹅掌藤、红背桂、光叶海桐、乌毛蕨等植物，没有称王称霸的野心，个个活得滋润，心安理得。

没有实力，不讲格局，生存是最重要的。

贰·乌桕树上的色彩开始丰富亮眼，由绿色主导的春、夏、秋格局，开始了变换，树上的叶片加速变脸，由黄变红，树下已经躺满了紫红色及没了生机的褐色。捡上几片叶子排队，树叶一年，人生一世，近在眼前

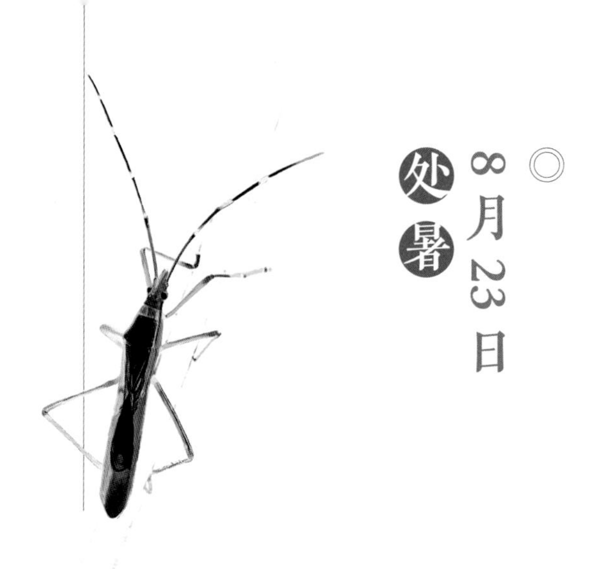

处暑 8月23日

今天处暑，但还是处在40℃以上的高温。看气象预报，还有几天都维持“高烧”现状。

有几次台风生成，都盼望着过来降温，但都避开了福州，绕道去了浙江或广东，顺便带了些轻风细雨广而告之。据民间流传，“龙王”台风后重修了镇海楼，从此台风就不敢登陆福州，那次的台风造成的破坏及影响，我想它自己都没脸面再进来。台风来有好有坏，万事都有正反两面，高温之下盼着台风，但来了台风未必能控制好，一不留神造成的祸害还不如这样热些好，万物有得必有失。

门外的铁把手都发烫。放在水缸上面的不锈钢脸盆，拿在手上烫得扔地上。凉台上晒的衣物，一个小时就干透。周围的杂草早已受不了严酷的高温，由绿色变成焦黄色，耷拉的枯叶没了生机。楼上的书房，长时间在高温下热烤，大

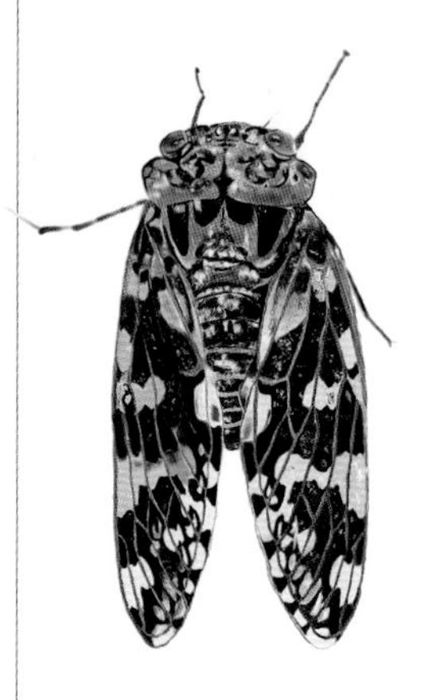

处暑（8月23日），在高大的榆树挤压下，大花紫薇树强行从一角展示自己的艳丽

量的书籍、物件变成啥样也无心顾及。上楼找一本书或资料都大汗淋漓，触摸到的书都发烫，光着背汗水滴到地板，瞬间干涸。我担心书里描写的“牛鬼蛇神”都受不了，动物、植物都跑出来找地方避暑。

屋顶不见了蚊虫，可以光着身子冲凉。原以为我怕蚊子，没想到还有更狠毒的太阳治它，蚊虫不见踪影，它也尝到了受不了的高温。平时出入无常的壁虎，也不见了鬼头鬼脑的身影，壁虎不怕热，但没了蚊虫及其他的昆虫，就没了食物，这是它不见了的主要原因。凉台上的生物链此时出现了断片。

当人类难以生存的地方，其他的物种大多也难以在此活动。凉台的气温高达50℃，人能坚持多久？人类发明了空调，躲进了水泥阁楼里，热气排出室外，提高了室外的气温，平时常见到的动物都不知躲到哪凉快去了。蛇有蛇道，鼠有鼠路，各位大神，八仙过海，各显神通，不与人共舞，躲过此劫，活着就是王道。

此时窗外的榆树与糖胶树，在高温下也停止了往上攀比，干旱少雨严重缺水，阻碍了它们竞争势头，双方都在维持原状。任何极端气候条件，都会制约生命的发展。此时都在比耐力，看谁能活下来，来年再战就有机会。

小区里的其他植物大多停止生长，个个灰头土脸，没了往日的亮丽色彩。有些超前冒出的嫩枝，眼下也成了枯叶倒挂在树枝上，完美的树上出现不和谐的斑块。

在榆树的庇护下，压制不能出头的大花紫薇树，从树底下伸出了盛开的花朵，榆树没给它上升的空间，但保护了它地下的水分，免遭暴晒，炎热的天气，给了它展示的机会，一角不大，花开绚烂耀眼，引人驻足观赏。

广斧螳躲藏在绿叶中，只要它不动，几乎无法看清它的存在，神奇的伪装术能轻而易举获得食物

9月7日

白露

9月1日凌晨2点多，人们都进入深睡眠状态，窗外一声炸雷巨响，掺杂着狂风暴雨声，打在玻璃上噼里啪啦乱响，久违的大雨终于在“迟八迎九”的交接日带来惊喜，高温天气终于低下了头颅，气温回归正常，人们在能接受的温度下正常生活。

今天的白露，天气很配合，已经正式降至23～34℃，早晚有了些凉意。阳光虽然充足，因太阳的直射点南移，光照强度减弱，加上北方的冷空气南下，炎热的高温成了强弩之末，仅有最后的一抹余热。

处暑与白露在中间过渡，今年小区的气温，要从9月1日开始算正式入秋，随后的几天最高温度在36℃左右，但早晚都已经降至26℃上下，也不会早上起来，走出空调房，就大汗淋漓、汗流浃背。与体温平衡的气温，是最舒适的日子。

一场秋雨一场寒，在江西生活就感觉非常明显，早晚气温相差大，中午穿着汗衫，早晚要穿长袖。福州靠海，早晚气温不那么明显，但只要早晚气温和体温平衡就好，在没有冬天的城市，已经非常满足了。

窗外的植被，早已忍受不了高温下的“淫威”，棵棵灰头土脸，没了精气神，有些娇气的树木，出现了提前落叶枯黄。这晚来的及时雨，让植被重新唤起生命的力量，在最后的季节重振雄风。

秋分 9月23日

榆树选择了在寒露开花，引来无数的蜜蜂采蜜

虽然秋分至寒露仅有半个月时间，可丝毫没有“寒”的感觉，稍有些凉意而已。10月5日，西伯利亚的寒流终于抵达福州，与“高烧”不退的热气碰撞，开始博弈，导致一场狂风暴雨，37℃的高温败下阵来，接受了现实，退出了笼罩城市上空的热浪，气温下降了10℃，秋天有了一丝的善意。

室外已经达到人体能够接受的正常温度，清晨在25℃左右。可室内比室外还要高，开着门指望外面的凉风降低室温，毕竟气温差距不大。水泥屋在高温暴晒下，一时半会无法散去，到了晚上，还得开着空调入睡。在福州城算是正常现象。在9月底能关上空调的，在这座城市生活的记忆中，难得有几次。

接下来的几天，冷空气分批南下，气温将进一步下降，迫使热气让出场地，寒流当仁不让地占据主流。秋季接近冬季，这座城市才感受到秋天的韵味。

窗前的“榆木疙瘩”在此时开花，引来众多蜜蜂在窗前嗡嗡地吵闹不停。看似高大威猛的树冠，长出的花蕾猥琐得很，躲藏在树干叶子下面，结伴扎堆开出一朵朵小花，不近距离看，分不清是花还是蕾。硕大的榆树，一朵朵小花，在阳光下，透过树枝树叶，看见蜜蜂在花上忙碌，如果不是蜜蜂的叫声，还不知道榆树正忙着开花结果呢。

蜜蜂来回地在花丛中穿梭，细小的花瓣从树上飘落，在逆光下清晰可见，落到草丛里，不见了踪影。高大榆树，小小花朵，浓缩的都是精华，蜜蜂正为甜蜜的生活而忙碌着。

进入寒露，意味着进入深秋，气温从凉爽向寒冷过渡。

清晨，一缕阳光将昏暗窗帘照亮，拉开轻柔的纱帘，眼前深绿色的榆树塞满了窗前。打开窗户，一阵嗡嗡的叫声飘入屋内，仿佛又将时空拉回了春天。

榆树延续着秋分，正着急最后的开花、结果，可忙坏了采蜜的蜂。从树中不断地传出嗡嗡声响，一直没弄明白是蜜蜂的叫声，还是翅膀扇动发出的声音。没有高低，没有特别的音调，千篇一律，嗡嗡地不停。查了一些资料显示，蜜蜂并不是靠翅膀振动发声，而是靠一个在蜜蜂腹部毫不起眼的小黑点，发声器官“鸣膜”产生声音，难怪那么整齐。

秋的末尾，又回到春的味道，尽管榆树花开得不如人意，蜜蜂能过来捧场，给足了榆树的面子，证明虽然花叶小不招人待见，但是甜蜜的事业，总有喜欢的到场喝彩。

蜂做媒，又是一个轮回。

开花、结果一气呵成

霜降

◎ 10月23日

霜降，福州的气温在30℃，直接拉回到夏天，给季节打了脸。

寒露来了几场寒潮，刮了几阵冷风，下了几阵小雨，有了些寒意。刚换上长裤，怕冷的还加了外套。没过几天，吹来的寒潮终究斗不过海洋季风，暖热气流又迅速地占领了上风，高温少雨又创造了气象的新记录。

窗前的榆树叶子似乎又黄了些，但并不是霜降的作用，完全是高温少雨的功劳。寒露还在开花，蜜蜂嗡嗡地发出采集的欢乐，转眼花成果，没了蜜蜂的踪影，榆树不时有几只麻雀、白头鹎、乌鸫在里面转悠忙碌，吃着小果子。榆树不仅给蜂提供了蜜，给知了提供了鸣叫场所，还给鸟儿提供了食物，真是广布施舍，功德无量。

没了蜜蜂的吵闹，榆树多了些沉静与安宁。

11月7日 立冬

壹，立冬，橡皮树、榆树界线分明，榆树有四季，发芽、淡绿、深绿、枯萎、落叶。橡皮树一绿到底，换叶不换色

一晃又到了立冬，万物进入休养期。可小区内的树木、草丛还是郁郁葱葱，枝繁叶茂，仿佛还在春天。

打开窗门，一阵风吹来，榆树的叶子纷纷飘洒落地，正在扫地的清洁工身上沾满了小叶片，像天上飘来的雪花，惹来清洁工怨气，嘴里不停地骂着，说的是本地口音，听不懂说啥，因为增加了清理难度，反正不会是好听的话。

在我看来，阳光明媚，秋风落叶，景色优美。恰到好处的是扫地人在树下劳作点缀，充满了秋天的意境。配上好的光线，是一张不错的风景图。但对清洁工来说，前脚扫净的地面，转眼又被落叶弄脏，重复劳作之苦，怎能没有怨气。静心赏景与辛勤劳作，正反两面对立，是截然不同的心境。

树叶开始了生命的轮换，它们分别离开母体，自愿让出位置，确保家族的兴旺延续。几个工人拿着长长的工具在锯榕树的分杈，说是长得太密，下面种的麦冬因为没阳光而死了几回。劈开树枝，指望大树施舍些阳光给下面的小植物。原本就不在一起的植物，人们为了自己的需要，强行让它们在一起搭配共生，严重违背植物生存自然规律，人类有权安排植物的生杀大权，任意宣判它们不守规矩的“处罚”，符合人类的审美就留，违背人的意愿就得清除，没有商量的余地。

立冬的前几天，从东北吹来一阵寒流，气温下降到20℃以下，人们纷纷穿上外套，怕冷的还穿上毛背心护着。院子里昆虫越来越少了，纷纷躲进了过冬的洞穴。打开手机的天气预报看，立冬后的第二天就开始升温，一路飙升30℃，又要重返春天的意味。刚想过冬的动物，又会烦躁不安，还没躺平又变了季，幼虫估计好奇会出来试探，随后气温下降十几度，来不及躲进洞的会死在洞外，活着逃回洞穴的，从此就不会犯如此低级的错误。所以用经验讲道理显得苍白无力，只有自身经历过才能刻骨铭心、终生难忘。

上个月开花引蜂的榆树，眼下花瓣都变成了一小片淡绿色的叶子，又像新长出的嫩芽，高高的树杈也看不清楚里面的布局。落地后，找到一枝看个究竟，原来花朵开放，在枝干的腋处呈簇状生长，果核卵圆形。硕大的树木，花朵果实很小，与高大威严的榆树相比相去甚远。但我领教过当所有的树叶掉后，它才会枯黄，最后随风四处飘散，窗户、门前、凉台都积满它飞来的花片，有缝隙处，就会登堂入室，强行留宿。

榆树下，人工种植花草早已没了踪迹，但给青苔创造了生长的机会，眼下也从绿色变成了土黄色，与泥土色接近，补缺补漏，给人一点面子。

虽然立冬，不知寒冷，不见飘雪，眼下的景色，有些中秋的意味，留给了深秋还有很大的空间。

贰·一片残叶，在冬季独奏，沉醉在其中

◎ 11月22日 小雪

壹·进入小雪，榆树开始结果。高大的榆树，开花、结果，果实非常弱小，枯黄褐色的小花，里面就藏着比芝麻粒还小的种子，或落地，或随风飘扬，四处留种，传宗接代。橡皮树，虽然弱势，生长高度与榆树不分上下，榆树结果时，它还在开花中

壹

在这个城市，小雪不见雪是常态，下雪更奇怪。气温持续稳定在20～30℃；凌晨下了一阵雨，算是给小雪一点见面礼，有接风洗尘的意思。

天气预报说好今天只是阴天没雨，可下了一整天雨，有雨也不降温，感觉是在春天，稍有活动身上就冒汗、闷热。在北方身上早已背起了保暖的厚衣服，但眼下我还穿着一件衬衫，年轻人只穿着短袖汗衫，身上冒着热气，冬天当着初秋过了。

在立冬后下了场不大不小的雨，房前屋后的杂草又死灰复燃。明明已经焦黄过了气的杂草，又渐渐地恢复了生机，随处可见绿油油的景象，冬天当着春天过了。

窗外还是一片绿色，塞满了窗户。橡皮树不改往日强劲地生长，深绿色宽厚的树叶不见变化，温湿的气候似乎更适合它的生长。旁边的榆树有些苍老，树叶悄悄在变黄，大风吹过，落叶飞舞，如人老落发，稀稀拉拉地没了样子。硬撑着的枝叶，没到失去母体的那一刻，依然临风玉树，优美多姿。

小区里的知了、蛙都不见了踪影，入秋后相继躲入自己的巢穴里，享受一年的冬眠期。时热时冷的反常天气，早就习以为常，按照四季常理出牌，该张扬时决不怯场。

蚊子就不一样，只要气温适合，它就不失时机地登场，在你身边飞舞炫耀，时不时扑到身上叮咬，防不胜防，痒痛难挨。此时的壁虎也没闲着，有蚊虫出来，它就不会放过追杀，似乎是帮人类除害，其实是自己填饥果腹，时隐时现，大多时间藏在某个角落，窥视着外面的变化，以静制动。

入秋就没了蛙声、蝉鸣，窗外的各种鸟抛头露面，粉墨登场。椋鸟、白头鹎、麻雀、绣眼鸟等在树上、草丛来回穿梭，采集成熟的果子、草籽，丝毫不为食物而发愁。眼下的食物最为充实，房屋的各个角落都是它们休息、打闹、鸣叫的地方。

只要下一场雨，泥里的蚯蚓、昆虫都伸出头来透气，也是乌鸫觅食的最佳时机。今年出生的幼鸟，羽毛也逐渐丰满，已经向成鸟靠近。乌鸫在春夏里高歌鸣叫，秋冬换成了珠颈斑鸠咕咕、咕咕的叫唤声。小区里它们各占两季，用叫声宣示领地之意。

没雪的地方似乎少了些意境，如果下雪了，动物、植物又会如何？

贰～叁. 一阵寒风吹来，松树种子纷纷落地，随风飘扬，四处留种

壹·成熟的榆树籽，给金翅雀提供了丰富的食物

贰·一旁的橡皮树，鲜花开得正旺时

从小雪快速进入了大雪，北方下来了两次冷空气，长途奔袭到福州这座城市，就像泄了气的皮球，已经没那股强力。北方下着大雪，福州维持在15℃上下，不冷不热恰到好处。只是雨绵绵、灰蒙蒙、阴沉沉的天，这座城有些灰暗。

这个季节山里的气温要低四五度，进入城市避寒如同进入暖气空调屋，小区能见到的动物就是鸟了，都纷纷聚集进城过冬。众多结果的植物都将成熟，为吃浆果的鸟儿提供了充足食物。冬候鸟北红尾鸲，在房前屋后抖动着有特点的尾巴，穿梭往返在树枝、草地，寻找秋后的蚂蚱，还有没来得及躲藏的虫儿。

适合温热气候的羊蹄甲与异木棉，逆势而上，选在其他植物休眠时大放异彩，鲜花盛开，独树一帜，格外抢眼。两种花的色彩、形状极其相似，不仔细观察都分不清是不同的种。花开延续了春的韵味，养眼又提神。

窗前的榆树叶子，向着成熟迈进。靠近朝阳的叶片已经由绿转黄，靠着底部的几个树枝已经叶落枝空。花瓣也已经枯黄，苍老的叶片占据了整个树冠。窗前景象告知，季节在交替中。如同人体落发、脱皮一样更替，去旧纳新。

冬至，榆树如同脱光了衣服的身子，光剩下枯树枝。大花紫薇树有红色、黄色、绿色叶子点缀，弥补榆树造成的不雅的空缺

气温正式降至个位数，最低温度接近零，还夹着不停的雨，稀稀拉拉地下了三天，寒流到达时，也就雨过天晴。

窗外枯黄色的榆树花，在雨水中浸泡，开始与树枝分离的最后时刻。寒潮到达与热暖气流发生碰撞，导致了风雨交加，晚间风夹着雨水席卷而来，榆树花漫天飞舞。第二天发现，房前屋后的犄角旮旯塞满了榆树叶、枯褐色的花瓣。榆树像个垂暮老人，一夜之间，愁白了头，掉了不少的头发。

冬至，可以看清楚，可怜的橡皮树被欺负的全貌

榆树叶子逐渐转变成橘黄色，生命达到顶峰，只要大风刮起，就会落地成灰。被榆树压在底下的大花紫薇树，虽然抬不起头了，但还在倔强地伸展枝头，叶子绿色葱葱，丝毫没有退却的意思。还有与它一拼高下的橡皮树，夹在左旁，苍翠茂盛，虽然被挤去了半边的枝叶，往上生长的高度与榆树不分上下了。相比之下，榆树显得老态龙钟，橡皮树、大花紫薇树更显正当壮年。一年又一年，拼的是实力，坚持长久活到最后才是硬道理。

金灿灿的榆树已进入暮年期，树上的叶子呈现土红色，在冬日的阳光下显得格外迷人。

枯叶突然大片地从一角纷纷飘落，这是从哪窜出来的妖风？急忙打开窗户观看，原来是珠颈斑鸠在树枝上寻找食物。进入枯黄期的枝叶，哪经受得了它的摇晃。珠颈斑鸠算得上是中型鸟类，它要在细小的树枝上寻找支撑点，一不留神重心不稳，加上翅膀的扇动，一大片叶子纷纷落地在所难免了。我急忙下去看看落地的小片叶子，想知道里面藏着的小种子是啥样。原来翅果近圆形，果核位于翅果的中部，很像一枚铜钱的形状，所以也叫榆钱。在翅果的果核上，外面包围着一圈膜，整体是扁平，很容易被风吹到很远的地方，所以榆树是靠风力来传播下一代，落在树下必死无疑。

小寒，枝杈上的叶子经不起一点风吹雨打。一夜之间，树上的叶片已经去了大半，像老年人的头发，稀稀拉拉没剩下几根。榆树苍老了，模样失去了光彩，不过榆树一岁一枯荣，人却一世一骷髅。

还剩下不多的叶子，逐渐零星飘落，就如深秋的蝴蝶翩翩起舞，悄无声息，毫不眷恋枝头的繁华，化作春泥滋养着大地。房前屋后都留下它的叶子，窗帘上还挂着不愿离去的叶片，似乎是来给屋里主人作最后的道别，一年的相伴，无数的牵挂与眷恋。

人生一世，草木一秋，人到晚年，树到暮年。

壹．榆树开始脱下老皮换新皮阶段，没有伤痕累累，哪来皮糙肉厚

贰．榆树的空隙处聚积了大量腐土，焕发出新的生命

大寒

1月20日

进入大寒，榆树已经脱去外衣，从绿衣到黄马褂，全身已经露出了深褐色的枝干与几片凋零的枯叶，张牙舞爪耸立在众多植物周围，为来年做准备。

气温变幻无常，在25℃上下跳动，公园的绿萼梅花盛开，花蕾绽放。北方的冷空气也没闲着，又大举南下，与暖湿气流相撞，风雨增多。绿萼梅花纷纷落地，像雪花一样飘落，白茫茫一片。许多植物都加入到落叶归根的行列，小区的地面上多了许多红、黄、白等各种色块，地上出现少有的丰富色彩。

透过窗户看到的榆树、橡皮树与紫薇树，一年的争斗下来，可以看清了各自尊容。左边的橡皮树绿叶葱葱，与橡皮树齐高，所占的空间不如榆树大，但与榆树高低不分上下。压在树下的紫薇树虽然已经没了上升的空间，但墨绿色的叶子宽厚排列整齐，也不失本色，顶住榆树枝的压力，守护着自身的尊严。

一年四季，我在窗前看表演，植物、动物，还有人类自己。

◎小结

经过一年二十四节气的观察、记录，每日天亮起床，面对五平方米大的窗户外景，不经意地发现了植物生存的奥秘，它们与动物竞争一样激烈。不管是自生自长，还是人为安排到此地，都面临着众多生存压力。能够按照自己的意愿生长的还是少数，弱小的植物都要屈服于丛林法则，角逐天下，强者为尊。

刚过春季，迎来立夏，窗户外的植物迎来了最好的竞争时机。赢得先机的榆树抢占了生长空间。好景不长，小区里的树木生长旺盛，无序疯长，转眼几年，原来的小树都长得高大挺拔，有些已经高过四层楼的别墅。初始的土层已经不够支撑它们的体量，一遇台风天气，连根拔起，轰然倒地。常常发生事故，轻者破坏财物，重者伤人。每年台风到来之前，小区物业都要提前做好预案，进行清理，今年整治目标，凡是靠近别墅墙面的树枝一律砍除，最强势霸道的榆树难逃此劫，遭到“斩立决”的处罚，没有时间申诉，立即执行。一群人开着大吊车腾空作业，瞬间榆树的一半被削去，像人被砍去一条胳膊，没了品相，没了树形。我想被它挤去大半个身子的糖胶树最得意，你也有今天啊。还有被压制的大花紫薇树，也欢欣得意，终于有机会挺直腰杆，享受自由自在的生长空间。

壹·榆树的无序疯长，影响到住户的正常生活，管理人员毫不留情地进行修理，靠近墙面一刀切下，与被它欺负的橡皮树一样，成了阴阳头，没了品相

贰·修理高大的树冠，人总比植物更高

叁·被修理的榆树，失去了往日的威风，紫薇树得以出头，花开艳丽，充满希望

榆树受到人类的限制，失去竞争的优势，短期内无法扬眉吐气，为所欲为。其他弱小的植物满心欢喜，被榆树遮挡的阳光，霸占的水分、土壤得到缓解。强势受阻，弱势顺意，往后的几年里，会有短暂的平衡发展时机，新的矛盾与纷争又会重新开始。

窗外植物，只观其表，扎在土壤下的根部，无法亲眼所见。如果清理干净树下的泥土，树根的分布，相互渗透的景象更是触目惊心。按照我栽种果树施肥的经验，树冠有多大，树根的延伸与树冠尾端相等，在树冠画圈挖坑施肥有效。可想而知，最大的榆树与糖胶树下的根系，除了它们之间的相互渗透争夺地盘，还延伸到每个小型植物的领地，所有矮小植物都是在它们的入侵下苟且偷生。地球上的强国全球驻军，无处不在，与眼前的植物演绎如出一辙。

榆树虽然被砍去了半边的树枝，同时它积蓄了更多的能源与力量，与糖胶树竞争将会更加激烈，缺失半边的树枝，将会更加迅猛挤占空间，还有可能更有利于与糖胶树竞争上升空间。平衡的趋势因这次被修理而打破，也有可能因砍伐而伤了元气，一蹶不振。人，到底是帮了忙还是害了它，再看后续。

窗，是一面镜子，是一幅幅慢镜头的定格影片。二十四节气记录了什么，是静心看季节的变化、草木的生长，寻回了自然规律，理解节气名词的深刻含义，还是人活着的意义与价值。

进入夏季，是苍蝇、蚊虫、蟑螂的活动旺季，消毒防疫、防害虫是人类防疫的必要手段

◎登堂入室的小壁虎与昆虫

壹·小壁虎（幼体）

贰·进入秋分，小壁虎幼体在家里出现，四处寻找小昆虫为食

它是在室内强行与人共处的爬行动物。

天气一热，蚊子大行其道，蜘蛛出来布网捕食，小型的蛾子、蚊子及其他昆虫都争先恐后地挤进室内，要与人类共处，原本安静的家悄然热闹起来。

人们丝毫不会注意到它们的到来。在人的眼中，它们太渺小，入不了法眼。可这些小型动物个个都非等闲之辈，有些只是借住，是生物圈的一员，只对下个层级的物种感兴趣，靠它们果腹。有些直接对人类进行攻击获得满足，蚊子就是其中最可恶的物种。

人们生活之地也有适合它们生存的场所，阴暗角落、残留的污水、温湿的环境，完全符合与人类同处的条件。共处也就罢了，问题是它不时地对人进行骚扰、破坏，当蚊子对人体的血液发生了兴趣，那就触碰到人与它相处的底线。热天没衣物遮挡的人肉暴露无遗，只要叮上，吸管就会快速扎进体内吸取血液，立刻让人瘙痒难耐，痛恨之极。

蚊子有些不知天高地厚，依靠着自己强大快速繁殖的本能，目空一切，迫使人类发明诸多对付它的神器，电蚊拍、电蚊器、驱蚊器，众多的足以让蚊虫昏迷、丧命的药物，屋里屋外喷洒清除，清理蚊子的生存环境，以阻止蚊虫无序繁殖。药物的使用，对蚊虫有灭杀作用，同样对人体也有伤害，它是一把双刃剑，有利有弊，收效甚微，灭了又生，如雨后春笋，灭不尽，吹又生。

螳螂捕蝉，黄雀在后。对付蚊子的蜘蛛随之出现，在蚊子出没的地方，布下天罗地网；跟随其后的壁虎也不会放弃蚊子、蜘蛛，也随之而来。

小壁虎进入民宅并非偶然。除了屋内的蚊、蝇、飞蛾等各种昆虫能保证给它提供足量的食物外，更重要的是躲进人类居住的屋内，比在外面风吹雨打、众多天敌追杀要安全得多。它们相信与人类共处，在屋内行走比在野外要安全，加之壁虎是夜行动物，昼伏夜出。白天都潜伏在壁缝、橱柜、犄角旮旯等处，难得与人类碰面。

夏天、秋天的夜晚有灯光照射在墙壁上，吸引了大量的飞蛾及其他昆虫聚集，时常能看见小壁虎忙碌的身影，丝毫不在乎人对它的威胁。它应该是益虫，帮人除害，但生物链上的动物都有一个特点，都不会一次性将所有的食物吃净，它们也要考虑食物的连续性，吃一半留一半才是它们的生存之道。

壁虎的容貌实在让人不敢恭维，大多数人不接受此物入室。传说小便有毒，它爬过的地方都会有毒素残留，经常大胆、放肆，仗着眼大目空一切，不时地在床上、天花板上爬行出现，光滑墙面倒着行走自如。它的指、趾端四面扩展，下面皮肤褶襞，密布的腺毛，有强大黏附能力。有时爬上床，还想着与人同床共枕，触犯到人的底线，使人厌恶，招致讨伐猎杀。

壹 · 见到人也不害怕，只要不伤害它，也会好奇地打量你

壹

小壁虎长得不招人待见，头大呈三角形，两眼如同照相机的鱼眼镜头。身体结构与人体一样，且都有五指，与人相同。区别在于人是直立，脚手分开，壁虎平躺，前肢后肢功能分工不那么明确，头部偏重，靠后肢的粗壮来平衡身体的稳定。

壁虎属蜥蜴类的一种，体型较小，只有5厘米左右，体型较大的，像石龙子大小，那肯定不会让它入住（喜欢此类物种的人除外）。如果受到惊吓或被捕捉时，会自行断尾求生，也不影响它正常的生活，过不了太久，尾巴又会重新再生出来。

有一次在楼梯处迎面相见，双方都不动，相互观望，我乘机取出桌面两盏小型灯对它照射，拿着微距相机拍摄。它那两只硕大的眼球盯着我，看着不时来回摆动的拍摄，从它凸出来的大眼还能看见我晃动的身影。它也用好奇的眼神看着我，打量着，琢磨着，一点都不害怕，似乎它在镜头的镜片上看见自己，对镜片上还有自己的影子而惊奇。

几年下来，各自生活还算安逸，双方都没有不痛快的事发生，没啥敌意。照片拍完，转身就不见了它的身影，算是第一次最短距离相见，各自认真打量了对方的尊容。

只要不干扰到人们的正常生活，与小动物同住还是可以接受，相信人类还是有这气度。

◎不招人待见的蟑螂

壹·只要不发出声响，它可以旁若无人地爬到面前

贰·美洲大蠊，家中残留下的许多碎食都是它的最爱

叁·翻身后的蟑螂，离死亡不会太远

蟑螂，是每个家庭最常见的昆虫，神出鬼没，肆无忌惮，胆大妄为。家中橱柜、木纸箱、卫生间、厨房、杂物堆各个角落都有它的踪迹，猖狂时，晚上睡觉还能爬到你身上亲密一会。

蟑螂属食杂性昆虫，各类食品，荤素熟食品、瓜果、饮料等都是它的喜好，甜食、油、面对它最有引诱力。除此之外，还啃食棉毛、皮革制品、书籍等。在室外垃圾堆、阴沟、厕所，还会啃咬死动物及腐败有机物。四处爬行，无所不吃，它们沾染和吞入了很多病原体，再加上它们有边吃边拉的恶习，成为一些病原体的传播者。在“除四害”的年代里，排名首当其冲。

在当年“除四害”运动中，其中两种有新的定论，麻雀给予平反，不应该定为害虫，科学的分析证实，清除麻雀并没有使粮食增产，反而减少。麻雀是保护粮食的益鸟，是生物链中的重要一环。

四害中的三害，麻雀得以平反，老鼠、苍蝇间接地伤害人类，唯独蚊虫直接对人伤害，以吸人血为食，等同于跟人类宣战，不下战书，不讲武德。算是最恶毒的一害，当列为首犯，相逢必灭之，绝不留情。

对老鼠颇有微词，好坏参半。从近处看，老鼠对人类弊大于利。一副猥琐的形象不招人待见，偷吃粮食、盗窃、破坏、身带病菌四处乱窜，目前还处在“老鼠过街，人人喊打”的境地。从长远生物链看，老鼠处在食物链的最低端，给猫、蛇、鹰等动物提供了丰厚的食物，对整个生态链来说，利大于弊。

蟑螂与蚊虫至今被人类定义为不可饶恕的害虫。

蟑螂的生命力极强，美洲大蠊是福州家庭常见的大型蟑螂，生命可达一年，有报道说平均一只蟑螂半年可繁衍数万只。有人做过试验，一只被摘头的蟑螂可以存活 9 天，9 天后死亡的原因则是过度饥渴。蟑螂极其灵活，要一下打死它很不容易，它用转圈或走 S 形线躲避追杀。一般较轻的物体打在它身上无济于事，就是打到也会装死，等放松警觉它又会突然逃脱，就是用手指掐住胸部至五脏六腑崩裂，它还会挣扎许久，生命之顽强让人惊叹。

蟑螂的危害已经形成了共识，重大传染病发生，都有警示提防蚊子、蟑螂的传播。厨房是受害最严重的场所，炉灶、水池、冰箱外部都是它经常出没的地方。蟑螂喜暗怕光，喜暖爱潮，昼伏夜出。家里的碗、筷、盘、勺，在吃饭之前，都要先清洗一遍。

女儿特别害怕蟑螂，从小到大，看见蟑螂就会惊恐万分地叫喊。一开始还以为天塌下来了，慢慢听习惯了，只要在家里听到她恐怖的叫声，那一定又是蟑螂出现。

蟑螂是俗名，它的真名叫“蜚蠊”。还有其他的叫法，各个地区都有自己本地的称呼，如鞋板虫、油灶婆、偷油婆等。这物种也是世界上最古老、繁衍最成功的一个昆虫类群，分布广泛。蟑螂的寿命一般在一年左右，它们活跃在夏季，冬季都会进入休眠期。福州气温不会太冷，见不到冰雪，长年都处在温暖季，所以家中一年四季都能看见它的踪迹。

蟑螂多夜晚活动，晚上 10 点到 12 点最活跃。昼伏夜出的活动规律，与天敌分开活动时段，夜晚出现肯定比白昼出现安全，是在长期进化过程中形成的生存之道。晚上在家吵翻了天，不是因此惊吓到人们的休息，就是

壹·爬上桌面餐巾纸上的蜘蛛，与图案中的小鸟发生对峙

贰·一张网，布在蚊子的通道口

为它搞得鸡飞狗跳，而影响睡眠。解决了自然舒心，折腾了半天又让它跑了，那就一个憋屈。如有失眠者，那更是恼羞成怒，恨不得明日就是它的末日，屋内蟑螂都不会有活着的可能。

常见的蟑螂只有十几种，其中有些有利用价值。蟑螂含有很多生物活性成分，可以清热解毒、活血化瘀，治疗跌打损伤等。目前国内已经开始养殖，研制成药品，民间早有将它入药的历史记载，还可以开发利用做成鸡饲料。

蟑螂，不仅人类对它有偏见、厌恶，还有众多的天敌，如蜘蛛、蝎子、蜈蚣、蚂蚁、蟾蜍、蜥蜴及鸟类等。有时猫、猴子及老鼠也会捕食它们。蟑螂属于昆虫最底层物种。一般繁殖能力强的物种，都处在食物链最底层。每个物种都有自己的角色，自己的命运。

◎像鼠非鼠的臭鼩

家里的老鼠似乎很久没看见了，安静了许多，少了一份与老鼠的周旋争斗，也算是多了一份清静。每个家庭都少不了与蚊子、苍蝇、老鼠、蟑螂打交道，它们像狗皮膏药，粘在人身边，甩都甩不掉，长期与人周旋，斗智斗勇求生存，人并不领情，憎恶之极，清除为快。

老鼠算是聪明的动物，智商接近人类，所以有人预测，如果地球没了人类，老鼠会称霸统治这个世界。

苍蝇也比以往少了，只要看见一只都决不手软，消灭而后快。如今对付苍蝇、蚊子的利器多了，在拍子上通电，只要触碰到，不是死就是晕，难逃一劫。

物种少了，打不了群架，少数的就好对付。蟑螂、蚊子比较顽固，虽然比以往少些，但无法彻底清除，部分躲进下水道里，逃过人类的毒杀。如今人类制造给它们吃的药物、杀虫剂等足以让它们放缓繁衍的速度，加之有爱国卫生运动、城市消杀手段、小区定期喷药、居家灭虫品种繁多的药物，足以让它们在惶恐中夹缝生存。

房间不见老鼠入室，房前屋后肯定会有它们的行踪，关注了很长时间，除了在小区垃圾桶周围偶尔发现几只偷吃残食，还真不多见。可在房前屋后发现了一种老鼠在游荡，灰不溜秋，短粗的下巴，尖尖的嘴，就当是小老鼠认吧。

天黑就溜出来觅食，房前屋后都能见到它的踪迹

正好在编辑《中国兽类图鉴》，即有哺乳能力的动物工具书。翻开啮齿目的内容，怎么也找不到这个模样的老鼠，后来才发现，我想找的老鼠是像“鼠”并非“鼠”，根本就不在一个“目”上，相差甚远。此“鼠”名叫“臭鼩”，同属一个哺乳纲，不在一个目，老鼠是哺乳纲、啮齿目、鼠科的啮齿类动物。臭鼩是食虫目、鼩鼱科、鼩鼱属，又叫尖嘴鼠、食虫鼠、臭老鼠等，生活在平原田野、沼泽地、灌木和竹林，喜温暖潮湿的环境，靠吃蚯蚓及昆虫等为生，长得像老鼠，但实质没有任何关系。

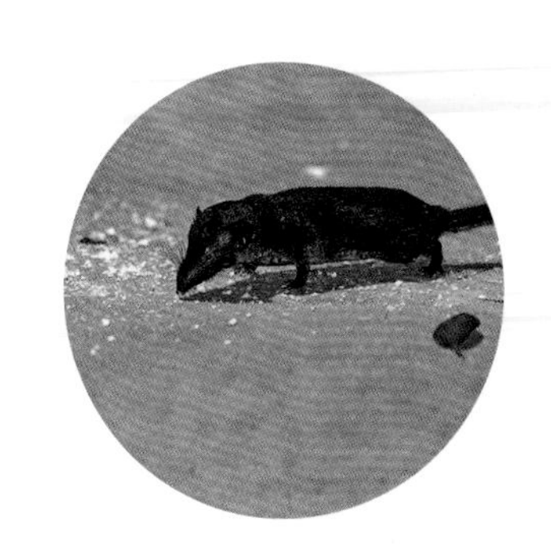

除了食虫，还会吃些饼干碎屑

我也没搞明白，是因为食物将它们分开，还是因为基因有很大的区别分开。如果前者，可以划分到鼠类，在食性上加以注解，不就更能看明白吗？如今很多类别都这样“内卷”，一个清楚的事绕来绕去，就是让你看不懂，才算有新创意、新发现，这也算是“悟道”的最高境界。

臭鼩的体型比老鼠小，算是哺乳纲里的最小动物。它的前爪发达，后肢不发达。老鼠正好相反，后肢相当地发达，可以跳跃出自己体型十几倍的远距离。我试过，放在一个桶里，能跳高60厘米左右，而80厘米的垃圾桶，它基本上越不过这个高度。但也有例外，有些聪明的老鼠会先跳到50厘米的高度再跳出去。

臭鼩的眼睛也很小的，而老鼠的耳朵是十分明显。老鼠的尾巴锥形，周围间杂有很长的针毛。视力差，听力、嗅觉发达，难怪几次诱捕它，只要放些食物，开着灯，它也大摇大摆地出来觅食，离得很近，只要不动，也发现不了人的存在。

为了想给它拍一个标准照，用老鼠笼抓到过，没想到它奋力挣扎，不时发出吱吱叫的恐吓声。最让人受不了的是放出一种难闻臭气，至今想起都恶心，再看见它摇摇晃晃地行走，都不想多看一眼。

对臭鼩没啥好印象，但毕竟是家周围的邻里，只要不进屋内也无伤大碍。它没老鼠这么讨厌，最大的特点不会侵犯人的利益，不经人的同意就随意进屋，人们对它的恶意来自老鼠模样。目前还没看见它入室行踪，那是没找到机会，不与人争食争地盘，就不会爆发冲突，有可能这就是它们祖祖辈辈的家园，是人类的到来改变它们的生活场地，它们可能更加憎恨人类的“侵略”行径。

臭鼩靠着相似的形象与臭名昭著老鼠相像，招人误解有些冤枉，动物界许多冤案。如蜥蜴被当蛇追着打；白蚁与蚂蚁，一个蜚蠊目，一个膜翅目；飞蛾与蝴蝶等等。人类想搞清周围的动物与植物，其实它们也在关注人类，不知道人这种“怪物”它们是如何称呼和分类的。

自然界这么多的动物，为什么只安排苍蝇、蚊虫、蟑螂、白蚁、老鼠与人类共处，登堂入室，纠缠打斗。也有比较友好的物种，如蜘蛛，它们会在蚊子多的场地布网，帮助人除害。蜂，会在凉台上筑巢，也不会随意进屋，只要你不惊扰它，绝不会做出格的事。当然还有许多不起眼的飞蛾、蚂蚁等光顾，不长时间居留，偶尔打个招呼。我想也许是造物者精心设计的一场游戏，一出生命的赞歌。

且离莫相忘，且行且珍惜。

六 小区 XIAO QU

小区是家的扩大、延伸。一座城市看似杂乱无章，但又管理有序，人们纷纷从毫不相干的四面八方聚集一个小区，不知不觉地融入城市的有效管理之中，随之而来的动物、植物相继入户。有些是“原住民”，也有随人迁徙而来，入乡随俗，与人和谐相处。

从居室到小区，给人类提供了与动物、植物接触、交流、认识的更大空间，尝试着在地球上的一小块区域里相互磨合、碰撞，在它们身上得到学习、启示，获取感悟。

小区里的花园水池

沼水蛙与蟾蜍不同，外声囊鼓在左右两边，发出的声音更明快、响亮

3月12日 植树节

小区的水池，原本的功能是景观，如今倒成了蛙的欢乐园。

进入惊蛰，蛙开始了鸣叫，轻重缓急，平稳有序，没有高中低音的和声，但产生音量的总和能穿透门窗；加之楼之间产生的回音，洪亮的鸣声，告知人们，它们已经从休眠中苏醒。同时告知同类，宣示水池的领地。

惊蛰过后，连续几天气温超过了20℃，外面的桃花、樱花、玉兰花都争先恐后闪亮登场。人们纷纷围花驻足留影，摆出各种pose与花争美，赏花养心。大妈们更是穿着长袍戏服，身着大红、大绿、大紫的衣裳与花比艳，搭配飘逸丝绢，撑把花伞，浓妆艳抹，风韵犹存，还摆出仙女式造型，僵硬的手脚没了美感，少女时柔软身段没了踪影，实在不敢恭维。我担心她们靠水边太近，入戏太深，重心不稳落入水里，毕竟上了年纪。

一个晚上的鸣叫，天亮才停息。我有些好奇，蛙是如何约好同时出来聚集的，是由蛙的首领发号令，还是气温适宜为令，或是有准确的日子约定？蛙们应该有特定的信号，不然不可能如此整齐划一。

3月12日（植树节），黑眶蟾蜍提前占据了小区里的花园水池，抱团交配，繁衍生息

天亮了，太阳还没照到水池，我好奇地过去看个究竟，水池已经聚集大量的蟾蜍。个体都不大，雌性比雄性个体大了一半，雄性已经爬在雌性的上面，两只粗壮有力的前肢紧紧抱住雌性的前肢部位，开始了一年一度的交配繁殖。一个面积100平方米的水池，聚集了有40～50只蟾蜍，没看见其他的蛙类出现。蟾蜍先入为主，抢占地盘，完成繁殖任务，以免扎堆发生冲突。动物将季节时间分配得当，划时间段占用领地，是聪明之举。

我好奇的是，昨晚第一次的叫声，今早就都在交配，雄性发出高昂的咯、咯、咯的声音吸引异性，音量是显示强大，是交流，到天明才安静下来，是得到雌性的认可，交配成功。

蟾蜍不可能是同时停止休眠，出来鸣叫，开始交配的吧。我估计惊蛰过后，气温上升的这几天就纷纷出洞，只是等待首领的第一声号令，游戏方可开始，进入春季首场狂欢节。

彻夜鸣叫，喧闹、叫声吵翻了天，打破了小区的宁静。睡眠不好的人群苦不堪言，强烈抗议，纷纷要求物业清除蛙声。物业只好将花池的水清干净，蛙没了聚集的基本条件，都纷纷散场，寻找新水源地，小区恢复了往日的宁静。但好景不长，几场大雨一场台风天，水池又暴涨，失去水源的蛙又重新回到池里，重启新生活。

壹·春分（3月20日），刚出来的小蝌蚪，会聚集在光亮鹅卵石上，晃动着小尾巴，推动大头前行

贰·黑眶蟾蜍经常守在树下，等待蝉虫从洞口出来

黑眶蟾蜍分布较广，主要分布在华东地区，感观差，皮肤粗糙，身上布了满大小不等的疣粒，在受到惊吓时，耳后腺会分泌出白色毒液，全身的疣粒也会分泌出毒液自卫。以昆虫为食，白天多隐蔽在土洞或墙缝中，晚上出来觅食。我非常讨厌蟾蜍，加之有毒，从不用手接触。

黑眶蟾蜍繁殖季节长，以春夏两季为主（3～6月）。2023年刚开始，蟾蜍是第一批的来客，还有沼水蛙、树蛙等不速之客的光临，那高中低组合的交响乐曲，更是精彩纷呈。十几年与蛙共住一个小区，都习以为常，可忍受蛙声，居民没了抗议，也就保留住了水源，蛙的繁衍之地得以延续。

我估计居民抗议也无法解决实际问题，清明时节雨纷纷，管得住水龙头，但无法阻止老天爷要下雨。各类蛙们会利用这大好的雨季完成传宗接代的使命，坚守阵地到最后。

◎ 3月20日 分

前几天还在狂叫的黑眶蟾蜍突然停止了叫声，狂欢后小区的夜晚，又恢复了安宁，水池留下刚产下的卵。雌蟾在流水或静水中产卵，每次可达数千颗，成串念珠状，黑色卵则在长串透明胶质中。卵在水中发育成黄棕色蝌蚪，有毒性，体色渐渐变深，并慢慢长出四肢及脊棱。

当小蝌蚪进入自生自灭期，蟾蜍个个不见了踪影。狂欢，交配，产卵过后的劳累都进各自洞穴里休息。倒春寒还有可能卷土重来，抵挡不住寒流又躲进了洞穴？有待观察。

◎ 4月5日 

今日4月10日，清明节后的第五天。昨晚听见蛙声，安静的小区夜晚，又听到久违的声音。黑眶蟾蜍产卵后，就不见了踪影，集体出来表演，又突然消失，“快闪”形式，不经意间制造惊喜。

今天气温已经达到30℃，水池的蛙声似乎又多起来，我怀疑第二批的蛙开始入场，打着手电顺着蛙声寻找，水池的蛙叫声还是原班人马——黑眶蟾蜍，鼓足了脖子上的外声囊狂叫，声音在空旷的小区内的高楼中回荡，声音更加洪亮。

黑眶蟾蜍开始第二次产卵期，躲进洞穴休息十几天，恢复了元气，又一次聚集繁殖，伴随着气温上升，开始了更大的鸣叫声。

发现沼水蛙也来到水池里。它会与蟾蜍发生战争，还是和平相处？不得而知，拭目以待。

◎ 5月21日 小满

壹

过了立夏，迎来了小满，几天的阳光，气温刚有些上升，又开始一周的雨天，气温又降至20℃。

冷暖空气相交、碰撞，天气闷热。水池的蛙鼓足了力气在狂叫，躲进石头缝里阴凉处，并不容易看见，借助石头的回音，如同喇叭增扩，加上有水的振动，将肚皮鼓大，吹足嘴角处的两个气泡，正式举行蛙声比武大赛。除了高分贝的洪亮，还有低音的回旋，变调的杂声，各自亮出了绝活一比高下。加之小区高楼纵横林立，从水池发出的蛙声，经楼房相互阻挡，如同进入一个更大的音箱，回音更是不绝于耳，还能穿过封闭严密的玻璃入屋，感觉到蛙声在屋内回荡。

入夏的水池，蛙已经成了主人，蟾蜍悄然退出，眼前的狂叫声是沼水蛙家族。它们与蟾蜍最大的不同是身体表面光滑，没有疙疙瘩瘩的瘤子，表皮深绿色、淡黄色、褐色分布，与周围石头相近，伪装色没有让人有不适感，是蛙类常见而又比较清秀的一种。

沼水蛙是最常见的一种蛙类，多栖息于稻田、池塘或水坑内，常隐蔽在水生植物丛间、土洞或杂草丛中。以捕食昆虫为主，还觅食蚯蚓、田螺，以及各类昆虫等。背面为淡棕色或灰棕色，少数个体的背面有黑斑，体腹面淡黄色，两侧黄色稍深。繁殖季节多在5～6月，一次

壹·蟾蜍鸣叫，声音沉闷、有力，让水面产生涟漪

贰·发育成熟的蝌蚪都会相聚在一起生活

叁·沼水蛙不失时机地也进入水池，与蟾蜍共处

产卵 2000 ～ 3000 粒。小蝌蚪，45 ～ 60 天完成变态成型。

长期生活在城里的人们，一时半会适应不了田园生活里的蛙叫声。在民众强烈抗议下，小区管理员又进行了多次放水驱蛙，严重依赖水的小鱼、螺类深受其害。没水就没了生命。蛙、螺可以另找水源，找阴湿地躲过此劫，鱼就没有陆生本领，以命相随。

水池估计是施工出现了问题，出水口高，下雨都有积水而无法排除，加之此季雨水频繁，蛙靠少量存水，完成繁衍后代的最后时机，能坚持多久，只能听天由命了。

人们丝毫没考虑过这片区域的由来，蛙才是“原住民”。二十年前，这片靠近闽江边的荒郊野外，有众多野生动物在此栖息。人类的剧增，带来了城市的疯狂扩张，占据它们原有的生活栖息地，驱离、清除，大批的野生动物消失殆尽，放弃了家园给人类居住。

由于蛙的生存能力极强，繁衍速度极快，支撑着部分种群苟且偷生。有片阳光就灿烂，有水就能活，小区的水池，蛙想着人类出于慈悲善心留下的活地，没想到还是不招人待见。神挡啄神，佛挡啄佛，蛙不知自己有几斤几两，人不知自己有错，冲突终将发生。历史是胜利者书写的，谁强大谁制定规则，掌握生杀大权，万物皆如此。

◎金蝉脱壳

壹·蝉壳与树皮色相近，防止天敌的伪装色

贰·小区门口开了一家新店，趋光性吸引了众多知了光顾

进入夏季，小区最张扬的两种动物，蛙与蝉。

夜幕降临，蛙声一片，天明失声，演唱的机会让给了蝉。昼夜交替不停地喧闹，各自轮换演唱时间，在小区高楼中来回撞击，回音如同一个偌大的音箱，吵得院内天翻地覆，渗透到小区的每个角落。钢筋水泥的建筑，一层层密封玻璃，也无法阻挡住喧闹声。

蝉鸣蛙叫，是城市人最早认识昆虫与两栖动物。生活在小区的居民无人不知，无人不晓。蝉虫的学名很少人说得清楚，许多的俗名，各地叫法不一，通俗的叫知了，南方人普遍都认识。夏天来临的“天气预报”，只要听见它的叫声，夏天就真实地来到了。

几年前，小区门口挖了一条人工内河，河边两岸种了杨柳，如今柳树逐渐成年，吸引了众多鸣蝉栖息。河口桥边新开一家小孩的服装店，引来了众多的知了飞蛾扑火，不断地飞到店门口，撞向玻璃，有的从塑料条带的门内钻了进去，像是要进店选童装似的。店老板也很无奈，每天晚上都要抓上二三十只装进塑料袋里，再扔到门口的垃圾堆去。老板说：“吵死了，不知道今年会有这么多的知了飞进店来，往年都没有。”我想一定是与店里装的灯有关，有趋光性，吸引了蝉、飞蛾及其他昆虫到访。有了杨柳，才有知了。蝉也很冤，还没来得及尽情展现曲目，就死于非命。前几年没有，是因为蝉在地下要生活两年至数十年，才能到地面风光短暂的几个星期。小店老板当然不知道缘由，他只往好的想是吉祥之物，往坏处想，是不祥之物，都有可能。纠结、信念往往在一瞬间。

小暑大暑，气温持续在高温下运行，40℃左右长时间“高烧”不退。

小区里的蛙与蝉分工明确，晚上是蛙的专场，白天让给知了出演。

今年的大暑在即，夜晚 1 点多钟，知了不讲武德，白天叫完，晚上也没歇着，占着小区的空间不散场，与蛙声叫板，上演混合演奏会。不管蛙是否情愿，但也无可奈何，一个在高处，占据制空权，一个在水塘里，处于下风，弱势，对知了构不成威胁。

蛙类的低音鸣声，低沉有力，浑厚，有磁性。知了“吱吱”的声由低往高节节提升，委婉降落，循环往复，给火热的夏日加温添堵。

我无暇关心它们是天籁之音，还是噪声，我只好奇知了脱壳成虫的演变过程。

寻找白天蝉鸣声最多的树，就是蝉喜欢攀附的树种，根部一定会有它们的洞穴。太阳收起最后一道余晖，气温正在缓慢地散去。走出空调屋，气温还是超出了人体，汗水不由自主地往外渗透，不一会儿，轻薄衣裤已经紧贴肉身不分。天黑之前，蝉虫就会钻出泥洞，爬往树上脱壳重生，这是一代代蝉的先辈遗留下的繁衍通道，一条延续后代的生命方式。

窗前高大榆树，蝉鸣声大，树下出现不少蝉虫爬过的痕迹，沿着粗大的树干往上看，从根底部到树枝都羽化后挂着蝉壳。眼前突然发现一只壳在缓慢移动，原来是一只刚从泥洞里爬出来，准备上树脱壳的蝉虫，它正在寻找合适的位置蜕化，如果不动，还以为是空壳挂在树上。

原想在树上就地拍摄，但无法知道它要爬多高才停住。小区的路灯光线有限，蝉虫专门找黑暗处停留，有意避开强光。如果现场架着灯拍摄，那就有被“耍猴”的可能。晚饭后是小区散步的时间，躲在楼里避暑的人，都纷纷走出家门散步喘气，吸收新鲜空气。男女老少，结伴成群，如果在大庭广众之下操作，看我一定比看蝉的人多，围观者还会好奇地提问，稍有回答不准，被人耻笑，如有怠慢，更有恶名相告，得不偿失，想着后背热汗中多了一层冷汗。

还好，知了从泥洞里爬了出来，都是要脱壳成虫。我在屋顶上腾出一块空间，到原树上找一根它爬的树枝插上，蝉虫就放在上面。也许树枝不够粗壮，或太光滑爪子勾不住，蝉虫在树枝上来回爬，寻找立足最佳之地，继续上行的空间有限，在树枝顶上抓空气，来回几次，也就死心。没脱壳的知了，是两眼黑瞎，靠前肢摸着前行，几个来回折腾，估计脱壳在即，只好找到一处稳定下来，静待体内的变幻莫测演绎。

成功羽化，完美展姿，此刻才能观赏到『金蝉脱壳』精彩瞬间

7:10

在树枝上寻找落脚点（有些不需要，放在树杈上就不动），当确定位置就不动，静止等待，快则一个小时，多则两至三个小时启动脱壳程序。

9:35

蝉开始躁动不安，身体开始慢慢移动，体内逐渐膨胀、变大，身体构造显现。

9:45

后背隆起点出现裂痕，慢慢扩大至头顶，头部、眼睛开始露出，整个头部奋力向后弓腰仰视，致使两只带刺的大足四脚离壳，卷曲的翅膀暴露在外，身体几乎呈倒挂状态。

10:04

在空气的氧化下，它释放很大的压力排出一种速凝液进入细小的翅脉中，使双翼慢慢舒展，卷曲的翅膀开始松动、伸直。

11:20

倒竖着身体突然向上，最前的两只大足抓住顶端的树枝，腹部与尾部全部脱离外壳。

11:30

翅膀慢慢地张开，仿佛太空舱翻板展开一样，在天空中变换。数十分钟后，外翅与内翅不断地抖动，相互配合、调整、摆正位置，小翅大翅慢慢合拢。

11:55

两翅不断地紧收，紧贴蝉胸、腹部，为飞翔留足最佳飞行姿态。停留片刻为了翅膀、身体变黑变硬，完成幼年到成年的快速转换。

壹～肆·黎明之前，蝉从地下飞到天上，从黑暗走向光明，完成了生命旅途的重大转折

蝉虫的羽化，从壳内剧烈蠕动开始，两眼露出壳，淡黄色的肉体透出金黄的光亮，如玉石一般晶莹剔透，冠有金蝉脱壳美誉。壳内不时发出剧烈颤抖，全身肉体的振动，为挣脱外壳需要内部巨大力量推动，幸亏振动无声，否则山崩地裂，惊天动地。

脱胎换骨注定是蝉转身成虫的大事。每剥离一点外壳，都要停顿片刻，积蓄能量，竭尽全力为重生，为生命而努力轮回的开始。

由肉体淡绿色、淡红色，逐渐向深褐黑色转变，约两个小时后，都到下半夜了，我无法熬过这个时间。蝉身转黑标志着进入成熟期，完成了从幼虫到成虫的过程。每个物种的生命史不一样，演绎时间的长短不一。

蝉的蜕变，说它像女人的十月怀胎，一朝分娩不为过。说是竹子用了四年时间生长，竹芽只能长 3 厘米还是深埋于土里，当竹子破土而出，以每天 30 厘米的速度疯长，半个月能长 15 米。当鸣蝉幼虫在地下生活 2 ～ 3 年或十几年出土，不鸣则已，一鸣惊人。顶着炎炎烈日，日夜狂欢，生生不息，周而复始。

蝉不知冬雪，没见过春天，四季并两季的生活，大大地压缩了露脸的时间，将脆弱、短暂的生命活得更有意义，省去多余的生长空间，这就是大自然诡异、神奇之处。

羽化是蝉一生中所经历的最重要、最神奇的轮回。成虫是如何在大树上受精产卵、然后掉入土壤里、受精在土里生长、发育虫蛹、在夏季的某个时间出土爬到树上开始羽化等等疑问，都没有亲眼所见，不敢深入描述。

但从资料显示，蝉是果树、林木的主要害虫。若虫在地下生活，从根部吸取汁液，成虫产卵在枝条的组织内，使枝条枯死折断，或造成落叶落果，给人类经济带来影响。同时给人类带来的好处也是有目共睹，蝉可提供人体需要的营养，成为药用、装饰品，在文艺美术上的运用等。在城里是噪声，但在山林是情趣，在小区里也是功过各半，喜忧参半。资料所记载的自然学科，在当今科学技术蓬勃发展中，都将变得苍白无力。不知不说，不要乱说，眼见为实，是对邻里的最大尊重。

到了处暑，高温还在持续，小区里还有几只知了的鸣叫声，已经没往日一曲高歌，众蝉呼应的场面，几声残声，成了夏日最后的挽歌。

蝉为夏而生，入秋而死。人过百年，弹指一间，烟消云散，万物亦如此。

伍・清晨，从壳中蜕变，幼体变身，一夜之间转换至成虫，正在选择时机离壳而去

陆・成年的蝉虫黑中披着金粉，羽翅如披袈裟

丝光椋鸟落户小区

郊野，丝光椋鸟喜欢群聚

入冬，屋内的气温跟不上季节的步调，时冷时热，穿衣盖被，时空错乱，猝不及防。

气温正在往寒冷深入，“春捂秋冻”对年轻人可用，对年老的人只能多穿。不与天地作对，顺应天时，否则一个感冒，没有半个月的折腾，都不得好转。多花银子是小事，引起并发症就事大，伤身伤财，苦不堪言。

清晨，寒冷夹着毛毛细雨，零零散散、断断续续地飘落下来，窗前挂满了细小的露珠。打开窗帘，两只丝光椋鸟（以下简称“椋鸟”）站在对面的屋顶上，让我有些吃惊。椋鸟在椋鸟科里算得上眉清目秀，长相漂亮。身体灰色向黑白两极过渡，素描中的黑白灰涂满全身，深红色点缀在短小尖尖的嘴上，两只脚橘黄色，亮眼、夺目，身体的色彩搭配适合人类的审美标准。

椋鸟性格比较胆小，警惕性非常高，通常有警戒哨，一旦发现情况，整群起飞散去，在野外很常见，喜欢成群结队。十几年前到婺源一个村采访，几百只椋鸟在树上集会，村里的民房上，排排站，昂头挺胸，时而梳理羽毛，嬉戏打闹，时常群起飞往田野觅食，吃植物、果实和昆虫，所到之处，热闹非凡。

多少年没在城市中见到椋鸟，眼前屋顶站立没有成群结队，而是成双成对。是试探入城的夫妻鸟，还是误闯进城，不得而知。一旦生活得意，过得快活，大群的椋鸟也将不期而至，又是另一番别样的风景。其他胆小怕人的鸟儿是否也跟随其后？其他的动物也不会放过与人类共享美好时光，穿城入巷，在人们不经意的犄角旮旯居住。久不见偷鸡吃的黄鼠狼，专吃老鼠的小狐狸，夜晚出来觅食的猫头鹰……许多动物无须到动物园花钱观赏，公园草地、家园的房前屋后随时可见，与人和平相处。同住地球，一荣俱荣，一损俱损。

城里植被经过多年的治理修复，公园、湿地、草地、河道给生物提供了生息之地。椋鸟的到来，预示着生态环境的改变，百鸟相聚，物种丰盛，与人共乐。

壹·在野外成群结队，在小区成双成对

贰·有凤凰之称的丝光椋鸟落户小区

◎珠颈斑鸠进城了

不知何时，珠颈斑鸠（下文简称“斑鸠”）从山上进了城，与麻雀一样，人多热闹就有它的影子。小区的房前屋后，路边空地处都能看见它们悠闲自得觅食的身影，吃饱了飞到屋顶上，在树冠里发出“咕咕－咕，咕咕－咕”重复的鸣声。发情期更是叫声不绝于耳，远近遥相呼应，如同山歌对唱。

雉鸡与斑鸠过去都是人们口中的一道美味佳肴，山珍名录少不了斑鸠，虽然个体不大，不如雉鸡，但比麻雀大上几倍，与鸽子大小相等。斑鸠的胸部两块胸肌结实，占据整个身体的一半，是食用最佳部分。

有报道说，有人做过试验，家养的鸽子与野生的鸽子心脏掏出，从高处往下掉入盆中，家养的落盘如一块肉，没了弹性，野鸽子的心脏可弹出高度，结实有力。这也许是劝导人们多运动，增强体质，心脏是人体中最核心的部位，心强才会身强力壮。

在我眼里，斑鸠与雉鸡一样，是人们口中的美食，是农耕时代遗留下的传统美食，是大自然馈赠的礼物，哪有不吃之理。早年，我见过鸟铳打斑鸠，火药配着无数的弹珠在枪管里，枪上击发点用的是纸药，引发枪膛内火药燃烧，巨大的热量将弹珠射出。不需要瞄准，80 米之内，方圆一平方米范围的物体难逃厄运，命中的斑鸠不止是一只。吃斑鸠时，吃到体内有弹珠也是常有的事，崩了牙不小心吃进肚里的事也时有发生。

山里人也有绝招，做一只鸟笼，装一只活体斑鸠在笼子里，放到森林斑鸠出没的地方。笼里的斑鸠叫唤声吸引其他同伴过来，不小心落入笼内机关陷阱，不费枪弹抓到活体。利用抓获的斑鸠，成功骗取同伴的信任，充当奸鸟，也不知道斑鸠是有意还是无意引同伴上钩，我不懂鸟语，无法知道它的真实想法。

还有更有威力的武器，小口径步枪与高压气枪，前者可以打死稍大些的动物，是枪类的最小版，子弹微型，由弹壳、弹头组成，靠枪的撞针击中弹壳底部发射，原理与正规武器如出一辙。这种枪设计就是为打鸟及小型野生动物而量身定制的，打一只雉鸡刚好，打斑鸠更是轻而易举，远距离有效射程在 400 ～ 600 米。此枪子弹成本高，少有人持有，有致命的威力，提前列入禁止使用武器，20 世纪 80 年代末就慢慢消失在人们视野中。

气枪流行了很长时间，20 世纪 90 年代还流行打麻雀。厂家为提高枪的能量，提高了杀伤力，从气枪改良成高压气枪，加强了有效射程及距离，杀伤力不言而喻。虽然都是用气的原理，弹头是一小粒铅，但已经发展到可伤人，也列入了禁止使用的枪支。以前街上摆摊设点用针当子弹打气球也被取缔。

高压气枪超出设计的初衷，政府明令禁止使用，气枪悄然退场，慢慢淡出人们的视野。从初期打麻雀晋升到可以打斑鸠，发展进入到武器行列。估计那时斑鸠告诫子孙后代不得入城，远离人类。斑鸠前辈记忆犹新，经过几代的进化，后代已经没了印象，如同当今的小孩看《三毛流浪记》，不知所以。

20 世纪的城市没这么大，从城市中心骑自行车一个小时左右就能到郊外，如今大规模的开发建设，无序地扩张，开车一个小时未必能出城。农田建起了高楼，乡村成了居委会，动物的栖息地已经是人活动地，迫使斑鸠迁徙改地，放弃了与人类争夺地盘，远离了伤害，被迫选择了山林、田野安身立命。

经过漫长的岁月，人类终于接纳斑鸠进城为伴，高楼林立的城市，种下了无数的大小树林、花草，开辟了公园及湿地，斑鸠迎来了人类馈赠的美丽家园。

时移世易，斑鸠既然进了城，也就安营扎寨，养儿育女了。时常站立在高楼屋顶，梳理羽毛，打情骂俏，悠闲自得。

壹·小区里，时常出现它们寻觅食物的身影

贰·立春，它们成双成对在一起，相互梳理羽毛，秀恩爱，为繁殖做准备

出版大楼的几棵棕榈树里，常有斑鸠飞进飞出，我估计它在里面搭建了窝巢，哺育下一代。我几次在树下多角度寻找，都无法看见巢穴，树长两层楼高，正好是仓库，平时没人去也不开窗。斑鸠选中的位置从多角度观测都不被人发现，岂能让我发现，足以证明斑鸠的智慧。

我见过斑鸠的巢，很简陋，几根干树枝，中间有些细软的干草铺垫，还不能遮挡、托住全身，尾巴都伸出鸟巢外，是我见过鸟巢最敷衍的一种。保护措施比山里更加严密，进城危险与安全并存，一不小心成了少数不法分子的盘中餐。

在山中田野建窝常遇蛇、鹰等天敌的攻击，安全系数比城里相对好些。在城里能生存的动物，首先不能对人有伤害，才会有安身立命的可能。斑鸠不伤害人类，行为准则符合人们需求，人类与自然和谐共生相处。人们慢慢意识到保护动物就是爱护人类自己的重要性，学会如何与动物、植物共生。斑鸠能自由自在穿城走巷，搭窝建巢，繁衍后代，得益于人类对动物认知的提高，斑鸠才能有机会大胆与人近距离接触，相互依存。相信会有更多的动物在城里安家落户，享受地球生命平等尊严。

斑鸠能够进城安身立命，是人们文明素质又有了进步的表现。

叁·小院的常客，不当自己是外人

公园

GONG YUAN

百度是这样解释肾脏的："肾脏是机体极其重要的器官，具有排泄体内多余水分的作用，使得机体进出平衡，不会水肿"。城市修建的公园，是整个城市结构非常重要的一环，关系到城市健康的重要"器官"，与人体一样，是不可缺少的一部分。

在城市寸土寸金的地段，腾出流"金"冒"油"的地段实属不易，但人们已经达成了共识，金钱买不到生命，命比钱更重要。一旦"肾"出现了问题，这座城市，这个人，都将承受难以承受的痛苦。

因为城市有了公园，我们周围多了许多邻里。我选择了离家最近的金山公园和工作附近的黎明湖公园为点，有机会更多地观察、了解我的城市邻里。以朋友为镜，以邻里为友，和谐相处。地球之大，容得下我们共同存活。

◎金山公园

壹·小花吸引了雨水的短暂停留

贰·红叶，酿成浪漫的诗意

公园里有没有金子，我不知道，没见过。名字的出处也没考究过，按当今的主旋律，“金山银山，就是绿水青山”的标准，倒是相符。

过去此地是郊区的一条小河道，如今城市发展向周边延伸，以往的乡村、野外，都已经圈在城市范围里，按照城市的标准打造。规划成城市公园也不过二十多年，“原住民”植物得以保护，枝繁叶茂，更加高大。许多外来“移民”，各种树木品种不一，春夏秋冬观赏的花草合理调配，它们按照人们审美要求，中外融合，和平相处。

人们在满足温饱后，需要更多的精神需求，高品质的居住条件，充足的阳光，清新的空气，优良的水质，生态理念逐渐提高。公园歌声嘹亮，有合唱、有独唱，配上自带的音响（自带电），尽情欢唱。不合群的自己带上音响设备另辟场地，含蓄一点的，躲在一角自娱自乐。自信者更是架设路旁，没人看没人听还是信心满满，尽情歌唱。没有配音设备的，就自己清唱，拿着矿泉水瓶当话筒，学着明星摆弄姿势，唱得如痴如醉，全然不顾旁人眼光，反正谁也不认识谁。从远处用长镜头观看，模样一般，但那认真、投入倾情的表演，颠覆我对歌唱魔力的认知。

如今传播如此便捷，有不少在公园现场直播，带一个三脚架，放上一部手机，又唱又说，说不定就名扬四海成了明星。不唱不说只演奏，如萨克斯、电吉他、电吹管、三弦、二胡、口琴等等乐曲都登园入场，传统的乐器由于电器介入进行了改良，使得演奏效果更加丰富。公园宛如是个露天演奏舞台，在家施展不开，观众太少，音大又怕扰民，公园成了展示自我的最佳场所。

壹·一阵汉服风，吹动了年轻人的仿古时尚

贰·传统古装服饰融入现代时尚新潮，公园成了选景入画的场所

叁·利用公园天然场景，穿上洋服饰，享受西欧浪漫风情

福道延绵几公里，登山望远，心旷神怡，犹如一条巨龙盘旋在城市心脏。河道两旁铺设栈道，行人自由穿梭。公园铺道架桥，环游四周，众多品种不一，色彩多样的荷花供人聚集游赏，清香阵阵，沁人心脾。大有耀眼的“金子银子”映入眼帘。有水、有树、有草，动物朋友自然不会放弃入住，纷至沓来。

进入 5 月，30℃左右的天气，还没几天，就开始了雨季，连续一个多星期的雨下不停。10 日开始，北方下来的冷空气与热空气交汇，产生了中雨到大雨，华东、华南进入水灾区，同时降温，最高温度只有 16℃，比同年低 10℃左右，重新回到 3 月天气。

万物在公园里重演，人与动物和平相处，相互观望，人看动物、植物好奇，动物看人也是惊奇。世界太过于奇妙，仿佛有一种力量推动着前行。我们在相互猜测、提防、认知中走完自己的路，大家相安无事就好。

壹·不与高大争春光

贰·季节交替中

叁·寄生在大树上的槲蕨生机勃勃

肆·最后一抹峥嵘岁月

伍·不争一世之长，只求一时之光

陆·树胶像流淌出的精美珠宝

柒·时光漫步

壹

贰

叁

肆

伍

陆

柒

壹

贰

壹·抓到的食物，未必吃到，一群为食而争的小白鹭，群起而争抢

贰·阳光下，小白鹭优雅地聚集湖边嬉戏，洁白如雪的羽毛，如同一幅生动画卷

叁·叫声奇特的白胸苦恶鸟

肆·中白鹭偶尔出现，在湖里属大型鸟类

伍·园里的清道夫——黑水鸡

陆·机灵、敏捷的小䴙䴘

叁

肆

伍

陆

壹·赤腹松鼠，以胸部、腹部及四肢内侧棕红色而得名，是城市人们最近距离接触的哺乳动物，在公园高大树上，时常能看见它们的身影

壹

贰 · 斐豹蛱蝶是渲染公园景色必不可少的角色

叁 · 红耳鹎头顶耸立黑色的羽冠，头尾鲜红色呼应，黑白褐色搭配合理，属留鸟，在城市公园、小区常见

◎悬停高手『斑鱼狗』

公园的产生，离不开水。一口塘，一座湖，换了个称呼功能就不一样。过去的池塘只是农村种菜浇水、稻田灌溉、养鱼养虾，实用大于观赏。池塘进入城市规划，就降低了实用功能，在其附近锻炼身体，游林玩水，赏景悦目，休闲静心是重点。虽然大小差不多，但湖比塘用词更诗情画意，优美动听。

湖中有水，生态就鲜活了。水系带来了植物的繁荣昌盛，带来了动物、微生物的蓬勃生长。公园是一座城市的“肾”，过滤着城市的杂质，维持城市生物平衡，净化空气，减少噪声，调节温度改善人居环境，是一座城市宜居、生活、工作的重要标志之一。

丰富的湖中水系，带来众多的水生物种，如鱼类、泥鳅、黄鳝，特别是众多的入侵物种，如罗非鱼、豹纹脂身鲇、螺、虾、蟹等。这些物种的蔓延，无序扩张，招来了众多的白鹭、池鹭、夜鹭入住守护，维持湖里的物种平衡。白天、夜晚都在湖面忙碌，与水中的鱼类斗智斗勇，展示着自己高超的捕鱼技术，有效地控制住湖内的物种泛滥。

在群鹭捕鱼的热闹场面中，会有一种特殊鸟类加入到捕鱼的行列之中。它独特的尖叫声，黑白相间的通体，飞翔穿过你眼前一道白光闪过，高超的悬停技术牢牢地吸引着人们眼球，它就是鸟类捕鱼高手“斑鱼狗”。

斑鱼狗与普通翠鸟同属一科，还有赤翡翠、白胸翡翠、蓝翡翠、白领翡翠等，分别占据在灌丛、疏林或水清澈而缓流的小河、溪涧、湖泊等不同领地。

斑鱼狗与它兄弟“冠鱼狗”非常相像，从外观难以分辨，区别在冠鱼狗体型更大些，头部冠羽更密，像一把扇子，身体的黑白带点状，斑鱼狗身上是不规则的条状，没有一点专业知识，还是很难区分。

斑鱼狗有超强的悬停技术，在十几米至六十米的高空都能长时间悬停，应该称得上是停留在空中最大的鸟。先用尾巴稳住头部，锁定猎物，两眼在高空中紧盯着长距离的水面，就能看清水下小鱼的游动，这个视力高度已经超过人眼的水平，看来斑鱼狗的眼睛有特殊的功能构造，如果无人机高空镜头能装上像斑鱼狗的智能眼睛探测，那么使用功能将会更加健全完善。

一旦锁定目标，斑鱼狗会脑袋迅速调整向下，两翅摆着俯冲姿势，以迅雷不及掩耳之势冲下水面，在强大水面冲击下，还能保持极佳的视力，迅速调整水中因为光线造成的视角反差，入水一刻溅起大片浪花。鱼儿还没回过神，就被叼入斑鱼狗的口中。斑鱼狗然后迅速抬头奋力展翅脱离水面，中途不时转头，转身抖落身上的水渍，减轻身体重量，加快飞行速度，回到停憩的树枝上，享受着来之不易的美餐。

斑鱼狗多了，还会来回追逐抢食，只要没入肚子，得到未必就能吃到。为了填饱肚子，在动物圈里面没有亲朋好友，一切来自本能。除了翠鸟科，鹭科也是如此，水塘边成群的白鹭追逐抢夺食物的场面时时发生，一鸟得食，众鸟纷争。

成双成对落户城市的湖边

翠鸟一般都只是咬住鱼儿身子的中部，处在一个平衡的位置，稍有偏位就会及时调整。当鱼一时半会不死，它们都会使出绝招，将整条鱼在树杈上来回摔打，直至晕死过去，再调整进食的方向，鱼头朝内（如果从尾部吞食，针刺般鱼鳍将刺破喉管）才能顺利进肚。

所有吃鱼的鸟类，吞食的鱼比喉管及胃要大上好几倍。你往往认为它不可能吃进去，结果却会出乎你的预料之外。几条小鱼不足以填饱肚子，要来回几次捕捉才能满足硕大的胃口。大些的鱼吞进肚，要消化半天才能有进食的欲望。除了鱼类，兼吃甲壳类动物、水生昆虫，也会啄食小型蛙类。有吃的会不停地进食，没吃的也可以饿上几天，属那种今朝有酒今朝醉，不管明日各纷飞。

斑鱼狗的特别之处是它的名字，是鱼还是狗？其实古人很早就注意此鸟的捕鱼能力，高空悬停，快速敏捷，与猎狗一样聪明灵敏，这是给它冠名“狗”的由来。

斑鱼狗成双结队活动在一个区域，一般寿命在四年左右。湖里色彩艳丽的普通翠鸟，属小型鸟类，与斑鱼狗不在一个层面上，捕捉更小的鱼，大多是刚出生的小鱼。偶尔也有悬停动作，更多时间是躲在一角耐心等待，伺机猎食。身上的棕色、红褐色、蓝色、白色，与树叶、花草伪装相似，一旦发现猎物，扑向水面的速度像脱弦弓箭，得手的概率极高。与鹭类、斑鱼狗们食物链分配得当，大家都相安无事，各有所得。

斑鱼狗与众多鸟类相处，与湖里的动物、植物和平共存，共同维护城市的生态平衡，安居乐业。

壹

贰

叁

壹・平衡身体，搜索水面

贰・发现目标，掉头朝下

叁・全身收紧，利箭般俯冲入水

肆·得手后迅速飞出水面

伍·溅起一片水花

陆·奋力向岸边飞翔

柒·中途不忘抖去身上的水渍

壹·树上，站着一只悠闲的斑鱼狗

贰·高空悬停，是捕鱼的绝佳手段

叁·双影成趣

肆．近距离地找没经验的小鱼下手，机遇极大

伍．翠鸟，耐心等待，择机出击

陆．翠鸟，一般捕捉更小的鱼，不与斑鱼狗争食

◎荷韵满塘

荷花不仅吸引了蜂、蜻蜓、蝴蝶，同样也吸引了城里人。在手机、电视、画册上看见的花儿，哪有实地看得更加兴奋，更养眼、醉心呢。

人与花的接触，就像吃了甜食，容易兴奋。昨日顽童今日翁，端着长枪短炮寻找自己的美景，发个朋友圈，露个脸，刷个存在感，有人点“赞”（相互的，你点别人发图，别人也会回赠），心满意足。忘却了炎热的夏日，一身臭汗的劳累，因花美一扫而光。梦里还在荷塘中穿梭，还记得有一个画面忘记按下快门，遗憾地在梦里反复寻找。

手机的功能，如同蚂蚁、蜜蜂的传播方法，能更快速地发酵，招来一批又一批的赏花者。用自己的美学眼光、独有技术，创作出与众不同的画面，又在自己的朋友圈炫耀了一番，是一件极其快乐的事情。公园里的荷塘，成了美的创作基地，是可以互称老师、大师的场所。黄永玉老先生说：“大师多如狗，教授满街走。”在我的理解里，摄影是最没文化的艺术，看见拿长枪短炮的摄影人群，我都心里发虚，退避三舍，生怕有当老师自居的嫌疑。什么老师、专家之类的称呼，从来没敢填过用过，真是岁月将胆子磨炼得越来越小了。

荷花是幸运的，被人们欣赏、赞美有加。同样也是花，罂粟花，美丽妖艳，优雅多姿，花香醉人，一不小心被人类发现可以治病，有镇静作用。但长期使用容易成瘾，被制成了鸦片，因此坏了名声，被说成地狱之花，美丽的外表充满诱惑。罂粟花怎么也没想过自己身上有毒，正如苍蝇不知道自己脏，毒蛇不知自己有毒一样，比窦娥还冤。窦娥还有窦天章帮她申冤，罂粟花到哪说理去？出生就遭到人类的唾弃，美丽一生，不招人待见，谈花色变。

清澈的荷塘，宛如百态的众生，演绎着花开花落，美丽与凋零只有短暂一个夏天，不足 100 天，展示了花开花落的全过程。一个瞬间，也许就是岁岁月月。人生不足 100 年，荷花诠释了人生的全部，都是世上的过客。

我看荷花 100 天，荷花想我 100 年。

伍

荷花的一生

壹·幼年

贰·童年

叁·少年

肆·青年

伍·壮年

陆·晚年

柒·花落归根

生在污泥之下，长在水面之上，绽放出艳丽的花朵，散发出幽幽清香，等待莲子成熟，花落荷塘之下。

荷叶的一生

壹·幼年

贰·童年

叁·少年

肆·青年

伍·壮年

陆·晚年

柒·魂归故里

纤细的莲枝，从水面中升起，顶起硕大的莲蓬，无论经历多少风雨，依然在风雨中摇曳，守护着荷花的成长，荷塘充满勃勃生机与希望。

◎莲子的一生

莲子长成，预示着荷塘从平淡到繁华，有荣有枯，终至枯萎共聚。时光无情，摧残了世上一切的美丽，也催老了人生。

贰·童年

叁·少年

肆·壮年

壹·幼年

伍·晚年

陆·寿终正寝

来去匆匆的蘑菇

壹～叁·草菇

闷热的天又下着雨，公园冒出各种奇形怪状的蘑菇，它们个个撑着伞，在雨中亭亭玉立，风雨无阻。越是闷热，越是它们长势旺盛的时候。有红色、黄色、白色、灰色、黑色，大的如碗盖，小的如豆芽。有的连成片，有的“画”出图案，还有扎堆抱团，相互挤压。有大有小，有高有低，形体相连。也有独善其身的，不与同伴相比，只求表现自己。

红黄色蘑菇在绿草地上更加显眼突出，万绿丛中一点红，在远处就能发现它亮眼的小伞盖。洁白小蘑菇晶莹剔透，如水晶玻璃，在雨水中闪闪发光，透亮的伞盖能看清里面的脉络。

这几天出现的蘑菇，都在细叶结缕草里冒出。这是一种景观用的草皮，美化环境的植物，供人观赏，因耐践踏性强，城市美化普遍种植。各种植物景观搭配，都少不了用它垫底。头年铺好，第二年就绿草连片，露出的土层都会被它掩盖，而且小蘑菇也跟着出头露脸。

壹

贰

在各个角落出现的蘑菇似乎没规律可循，往往觉得会出现的地方却让人很失望，不经意间又突然出现在你眼前。长在绿草中的蘑菇个头都不大，小巧玲珑，精巧细致。枯叶、腐叶多的地方出现蘑菇个大，黑色、灰色、褐色多见，与枯树叶、树枝色调相似，环境协调，蘑菇肉厚实、粗壮，不讲究美观，美感差一些。

色彩艳丽的蘑菇大多有毒，自然界的动物、植物用欺骗、伪装术来保护自己的例子数不胜数。如罂粟花绽放邪恶的微笑，亲近它，会让你终生不能自拔，生不如死。金环蛇、银环蛇、竹叶青蛇，色彩漂亮但毒性都很强，让人望蛇生畏。

进入6月，是蘑菇生长的旺盛期。从小区、公园、街道两旁的大树或草坪中，都能见到它们醒目的身影。有白色、褐色、红黄色，它们高调出场，鹤立鸡群，用艳丽身姿、亮丽的色彩，区别于周边环境。高大的榕树墩里、树根下，往往会积下大量的枝叶与尘土，加上温湿的气候，给蘑菇、黑木耳、青苔及其他菌类提供了生存条件。

在公园行走，不经意间就会看见不同的蘑菇。干净绿色的草坪上冒出晶莹剔透的小小白菇。有的排成行，如同列兵的战士，整齐有序。有时又排成一圈，围着做一场游戏。但它们演出的时机有限，天气燥热几天，突然一场大雨，才会闪亮登场，随即几天就魂归大地，消失得无影无踪。

青草上的大孢斑褶菇（有毒）、乳白锥盖伞（有毒）、硬柄小皮伞、田头菇、平田头菇常见。腐朽的树上会出现黑褐色蘑菇，腐土里更会出现肉褐鳞环柄菇（剧毒），腐烂的植被是蘑菇生长的极佳地。树下长的晶粒小鬼伞、墨汁鬼伞堆积在一起，相互挤压，抢占空间。不管是在地上，还是在树上，不能长得太密集，一块原不属于它们的领地，突然冒出一大片蘑菇，会产生密集恐惧症，让人心跳加快、头皮发麻。

我总想搞清楚蘑菇的生长规律，为什么有些地方有，有些地方没有，没啥头绪。还有它的大小、形状、色彩、毒性、地域依据是啥？真是一锅粥，稀里糊涂搞不明白。网上的资料只能参考，有很多不可信，只有长期观察，亲眼所见，就算错了也是个人片面之词，不至于错得太离谱。

但有一点可以肯定，自然生态系统有蘑菇的一席之地。蘑菇菌体可以分解枯枝败叶，增加有机质分解，维持生态平衡。在城市中分解死去的枯树、败叶、死草，分解土壤中的有机物。据说还有一些有特殊本领能够分解除草剂、杀菌剂，还有分解油污及其他生活中的有害物质，在城市生态系统中起到举足轻重的作用。

深色的老树中，突然出现大量白色蘑菇，大小不等，错落有致，如同盆景，别有一番景致。许多倒下的大树，为蘑菇提供展露的机会，腐朽的枯木，成就了另一个生命的绽放，会给其他生命机会。

草丛中出现的蘑菇都很小，个小、精致，浓缩的都是精华。它们大多会群聚在一起，有的连成一片，有的排列成行，还有生长成各种图案，百思不得其解，总想用手触碰，看个究竟，又怕脆弱的菌体破损，失去美感。

蘑菇有没有受种群“首领”的规划而创造图案，我不知道，但有生命群聚，就会有组织分工，短暂闪耀登场，瞬间消失。这些艳丽的蘑菇，大多昙花一现，碰见雨水多，还能多撑几天，随后就消失殆尽，用柔嫩、洁白或艳丽为来世争得一席之地，不枉生命的辉煌。

我觉得大致采用三种方式会较明白分辨蘑菇的类型。

第一，泥菇。能直观地看见从泥土中生长出来的蘑菇。

第二，树菇。从腐烂的树干或树枝长出来的，洁白透亮，与枯枝烂叶形成鲜明的对比，化腐朽为神奇。

第三，草菇。从草地长出的有点模糊，连根拔出的菇上的菌丝还是连着泥土，细白的菌丝与草根一般。

用这种笨拙的方式分个大概，并不科学，是我从这些年拍摄几百种蘑菇得出的经验。森林中，千奇百怪的蘑菇经常搞得人头昏脑涨，有些蘑菇表面看相似，翻开盖子形态、色彩都不同，没有非常专业的水平根本分不出谁是谁，用这种简易的办法，可以将一团乱麻似的图片分个大概。

蘑菇的鼎盛时期，也只有一天的时间绽放，随后开始萎缩，一个星期消失殆尽。生命短暂，洁身自好，出淤泥而不染。匆匆来，又匆匆地去，偷眼看世界，转眼即消失，留足了好名声，不求来世回报。

壹～陆·附木生长的各种菌类

壹～玖·草菇色泽艳丽，丰富多彩

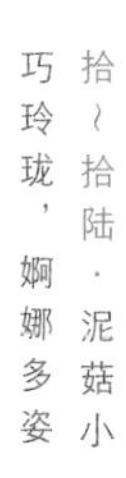
拾～拾陆·泥菇小巧玲珑，婀娜多姿

拾

拾壹

拾贰

拾叁

拾肆

拾伍

拾陆

壹
贰
叁
肆
伍
陆
柒

壹～拾伍·树菇色彩

单调，平淡生奇

壹·通体呈橙红色

贰·长久泡在水里的绳索，聚集了大量的腐殖质、菌类，供其食用

叁·相手蟹（螃蜞），是淡水产小型蟹类。又称磨蜞、螃蜞，甲壳纲，方蟹科。头胸甲略呈方形，体宽3～4厘米

◎湿地的隐士『相手蟹』

荷塘边上，出现大大小小的洞穴，这一定哪个物种的居住地。走近荷塘边上，才发现有东西在移动，原来是螃蟹，没人时都慢慢地从洞穴中爬出来寻食，一有动静就会快速地进洞或靠近洞口张望，速度之快，颠覆了螃蟹笨拙的印象。

了解后才知道，它的学名叫相手蟹，属于海洋蟹类，是一种小型海底栖甲壳动物。它们生活在海岸的红树林、礁石和滩涂等地，但也适应淡水生活；在河流泥滩上的沼泽里、河岸或田埂都有活动。但繁殖时必须把幼体释放到海水中才行，人工无法繁殖。

它们能在公园的湖里生活，说明湖中的水流来自不远处的闽江。跟着潮起潮落的闽江水，常常是海水与淡水混合，这里的物种能够享受海水的咸，也能喝到淡水的甜，共享与福州人饮水的福气。

本地俗名为蟛蜞、磨蜞、螃蜞，都没离开蜞字，沿海分布较广，湖里的应该叫红螯相手蟹。在福州地区，此蟹是福州美食之一，制作成小菜，极富地方风味。有些高级酒楼也有这道小菜，喜爱的人必点。制作方法也不复杂。捕捉到蟛蜞，用清水养净，除去尾部，加上黄酒、酒糟、味精、糖等辅料，再加入适量食盐，剁碎后放入石磨中磨成酱，当成鲜美的佐料。许多新鲜海产品在开水中稍加煮捞，端上桌蘸蟛蜞酱吃，比酱油、虾油味鲜美，有海味鲜、酒的香、酱的味。我吃过海蜇皮蘸蟛蜞酱，说不上很喜欢，但可以接受。

在广东潮州一带有用盐和酱油腌渍的吃法。螃蜞与其他蟹相比，个小肉少，加热后肉缩没了影全是壳。还有一种吃法就是“醉螃蜞”，买鲜活的螃蜞，刷洗干净，凉开水再冲洗后，放进大小合适有盖的容器里，倒进高度的白酒，将螃蜞浸没，加少许糖、盐、生姜丝，密封“醉”泡杀菌入味，一天后即可食用。当然还有“醉蟹”“醉虾”都“效仿”。

在公园里，见到相手蟹更像是清道夫，专门挑拣垃圾吃，身上污泥覆盖，两只大螯不断来回搜寻食物往嘴里塞。黑泥裹着看不见的菌类生物，看似吃进一团污水，但根本不用担心，它的嘴就像一台过滤器，挑选能吃的食物入肚。它坚硬的外壳里面，蕴藏着强大的消化处理系统，维持着生命的正常运转。

相手蟹，平时横行霸道，偶然直行两只大螯合抱，彬彬有礼，一步一叩首，犹似古人拱手行礼。我怀疑老祖宗的拱手礼是从螃蟹那学来的，再还以它们这个优雅的名字，记住礼仪的出处。

壹·生活在淡水与海水汇合处的相手蟹

贰·选在竹根里建巢，是个不错的选择，坚固安全

叁·湖塘岸边是它们的栖息地

肆·泥塘边上洞穴四通八达，有多个出口

伍·洞穴离湖水很近，不管水多少，都能自由便捷地生活

◎黎明湖公园

壹·隐藏在亭台楼阁的中国古建筑艺术精髓

贰·飞檐翘角，形如飞鸟展翅，是中国特有的建筑形态

黎明湖公园坐落在市中心乌山景区脚下，由原来几个水塘合并修建而成，如今已成了休闲打卡的好去处。我经常与几个吃饱了撑的同事到里面溜达，既消化身体多余的脂肪，又领略了这里的园林清雅秀丽。公园修建的时间不长，几年下来，园内庭院楼阁融入景观，彰显出中国古代的特色之美。所到之处鸟语花香，有移步换景的惊喜。树木错落有致，植被丰富多样，引来各种动物聚集此地，呈现出人与自然的和谐景象。

每当走进公园，几步就能观赏到动物、植物的表演。由塘而修建的湖景，保存着原有的鲤鱼、鲫鱼、草鱼、鲢鱼、鳙鱼、鲇鱼等鱼类，以及河蚌、湖蟹、黑水鸡、小鸊鷉、青蛙、鸣虫。大量的浮游生物，给鱼提供了生长的基本条件。

宁静的湖景映入眼帘，养眼，灵动的鸟儿不时地飞舞鸣叫。一幅天然立体的免费游玩园林景观画。

自然飞的还不够多，公园弄来了两只黑天鹅，增加湖中的景色。黑天鹅原产澳大利亚，也是天鹅家族一员。如今成了人工饲养一群，与家禽中鸡、鸭、鹅一样，可以大量人工繁殖。当下满足了景点观赏。很多人都奇怪，黑天鹅为什么不会飞？其实是人做了手脚，在它换羽毛时就剪去四五根飞羽，丧失了飞翔的功能。估计不久的将来，随着驯化，不用剪，它也不会飞了，只能以人为伴，任人宰割。

湖里最能作妖的是罗非鱼，它是一种从非洲引进的外来种，具有生长快、繁殖力强、食性杂的特点，适合各种水域生存。

初入中国，深受渔农喜爱。但好景不长，随后传出罗非鱼长势快速，是吃催生素、吃激素，又是重金属含量超标等传言满天飞。一度人们避瘟神似的远离罗非鱼，原来身价看好的罗非鱼深受打击，价值一落千丈。养殖户一蹶不振，养在塘里的鱼还不够成本，只好任其生长，大雨漫过鱼塘，随之流入江河、溪沟，不受人类控制，四处撒野到处浪了。引进中国有二十多年了，如今已经到了泛滥成灾的地步，占据了城市的江河湖泊、水塘、小溪。在海水与淡水之间的河口都能生存，甚至污水泥塘都能活蹦乱跳。碰到人类发明的农药、化学物品它都能适应，百毒不侵。我甚至怀疑本土的鱼类已经严重受到它的危害。

如今湖面上罗非鱼成了主要观赏鱼，与各种五颜六色的锦鲤、巴西龟混在一起，成群结队漂浮在水面上游弋，享受着游客丢食喂养的乐趣。罗非鱼的出现，引来了食鱼的鸟类，白鹭、池鹭、夜鹭成了城里的一道亮丽风景。

公园夏季的鸟最多，罗非鱼会根据季节不同所产生的水温上下沉浮。天气热都在水面上漂浮，感觉是缺氧，不断地要露出水面吸气。特别气压低时，人都感觉闷热，罗非鱼大大小小都争先恐后浮在水面不停地张嘴吸气。如果有一处活水口，会有更多大鱼、小鱼聚集。此时正好是白鹭、池鹭、夜鹭汇集时，公园处处可见争食打斗的表演。罗非鱼是垫底食物，鱼多鸟少，吃多了都想换个口味，眼睛都盯着泥鳅、其他小鱼。公园洋溢着欢乐的气氛，引来众多人的欢声笑语与惊喜。天上飞的与水下游的生死博弈，与罗马斗兽场屠杀游戏如出一辙。

进入冬季，天气渐渐寒冷，罗非鱼往水深处下潜避寒。吃鱼的白鹭、夜鹭也都离开了，公园只剩下几只池鹭坚守在原地，偷袭偶尔露出水面作死的鱼维持生计。还有些喜欢扔面包、馒头等零食的游客逗鱼玩，靠近水面，不时会有大鱼、小鱼习惯性来此抢食。静悄悄的湖面失去了往日的喧闹，湖中水暖“鱼”先知。

多年没清塘的湖内，生活着一种十多斤重的鲇鱼，前半部圆，尾部平扁，头扁嘴宽，两对鼻孔，长短不等须有3对，皮肤光滑，浑身还有一层黏液保护，方法不当，很难抓到它。鲇鱼生性凶猛，颌齿锋利，小鱼、小虾都是它的食中之物。平时躲在深水区里，很难发现。到了产卵期它们聚集在芦苇草丛中，争斗发出“轰隆隆”水响声，像水妖作怪，让人毛骨悚然。

当人们让其无序生长，会有多长的寿命，会不会成了湖里的霸主，它是不是控制罗非鱼繁衍的克星，它的天敌又是谁？鲇鱼是不是这个湖内的顶级物种？湖里的水生动物，藏着无数的神奇故事。

丰富的植被吸引了大量昆虫造访，同时也引来了它们的天敌，如青蛙与蟾蜍，否则昆虫的无序增加，公园就成了它们的天下。如果只相信鱼、青蛙、蟾蜍能够平衡这里生态，那就错了，后面跟着来的是白鹭、池鹭、夜鹭，同样也不会让鱼、蛙独霸一方。来园的游客，时不时把吃剩下的食物丢给鱼、鸟享用。老鼠自然不会放过这等美食，不管人类如何讨厌它，但它绝不会放过能养活自己的一片领地。有蛙、有鼠的活动如果不加以控制，那这两个繁殖最快的种群，就会肆无忌惮地毁灭一切。当它们得意忘形的时候，好景就不会长久，又迎来了它们的克星。蛇闻讯而来，跟随着潜伏到园内，遏制住它们的种群蔓延。最后出场的是号称空中霸主的鹰，从山区潜伏进城，维护城市动物领域的治安。还有鸮、鸺鹠（猫头鹰）虎视眈眈地盯着蛇与老鼠，不让它们做强做大，称王称霸。

蛙吃昆虫，鸟吃鱼、蛙；蛇吃蛙、鼠、鸟；鹰吃蛇、蛙、鼠、鸟。一座公园，一条完整的生物链由此产生。

别小看这条生物链，它们关系到这座城市的生态平衡，是“肾脏”安全健康的重要指标。当一座城市没有动物、植物的存在会是什么样，还会有人吗？

动物在公园上演着弱肉强食的生存大戏。所以说，建造一座公园，是给邻里们让出一块地方，留下一个本该属于它们的生活领地，也给人类自己留下了生存空间。

壹

壹·城市公园，保留着传统的林园风格

贰·画眉

叁·红嘴蓝鹊

壹·红叶，记录着秋天厚重而浓郁的色彩

贰·春光四溢

叁·一片树叶，演绎了四季的全部

壹

贰

叁

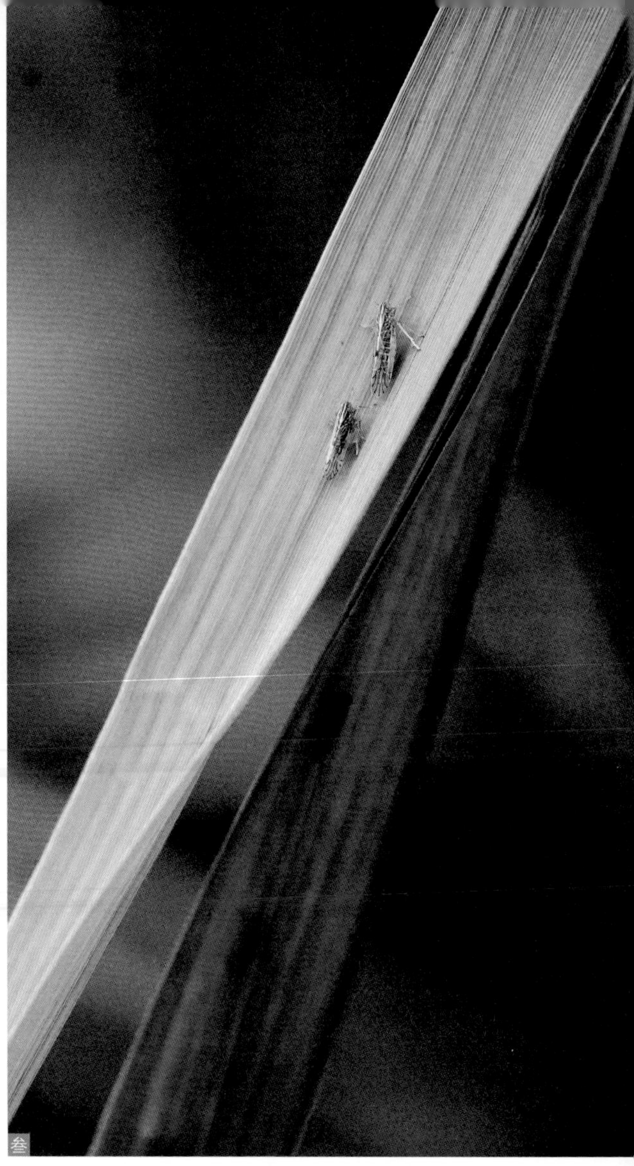

壹·一处探索外界的小草

贰·幽深的绿叶，争得时光的宠幸

叁·菱蜡蝉科的小昆虫

肆·行走在水上的短脉水蝇

伍·水珠的短暂停留，折射出生命的灵动

陆·托着珍珠，流出即水

肆

伍

陆

花与叶的结合，相得益彰

◎城区

CHENG QU

城市是一个大型的人类聚居地，也是动物、植物的原生地。人类由动物演变成人，只是在众多哺乳动物中的一个分支“智人种”。他们开疆拓土，不断地进化，凭借着区别于其他动物的智力，将地球居住地分割成一块块聚集地，创造出如今城市的模样。

物种多样性的积累，是生态系统的重要底座。一个城市无法容纳大型动物与人相处，但少不了底层的小型动物在你面前晃来晃去，是友善，还是炫耀，还是上天安排？相信人类有足够的胸怀容纳这些生灵。城市不仅需要人与人之间的相互包容，还要与邻里和谐相处，更要有敬畏天地、爱护生灵之心。

城市的血管——河道

叁·新城建设都给水道留足了空间，两旁树木、灌木、水草配比错落有致

壹·河道不仅是城市净化的血管，也是人们休闲的场所

贰·河道连着公园，营造出生态景观、休闲娱乐为一体的城市特色

公园是城市的“肾脏”，河道就如人体血液流动的血管，它们都是城市循环的重要组成部分。

河道注入了水，就有了鱼、虾、蛙、螺、贝，以及各种肉眼看不见的微生物。有水，河道两旁又养活了大榕树、橡皮树、柳树等众多植物。有了水生动物和植物，又吸引着众多鸟类、两栖爬行动物的到来，城市自然环境构成了一条完整的生物链，为城市的生态平衡起到重要作用。

河道重新修缮、扩建，河中也不断变换新的物种，本土的鱼、虾、螺、贝慢慢淡出原地，外来物种占据了河内的主导地位，繁殖力极强的罗非鱼成了河内的主角，给本地物种带来多大的危害不得而知，但原产地的鱼、虾、螺、贝类明显减少是事实。罗非鱼时常密密麻麻地布满水面。好吃鱼的市民也不为所动，偶尔有垂钓者是为了休闲，也有钓上来又放回去，只是消遣。用网捕捞吃的，大多是进城的农民工，抓回去用各自家乡的烹制方法，辣椒、生姜、大蒜等大料作用下，任何鱼的味道都将九九归一，融合到一个味“辣”，达到去伪存真、否极泰来的功效。

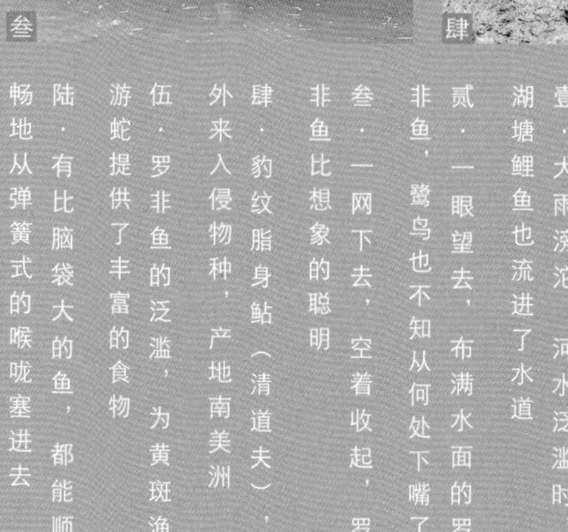

壹·大雨滂沱，河水泛滥时，湖塘鲤鱼也流进了水道

贰·一眼望去，布满水面的罗非鱼，鹭鸟也不知从何处下嘴了

叁·一网下去，空着收起，罗非鱼比想象的聪明

肆·豹纹脂身鲇（清道夫），外来入侵物种，产地南美洲

伍·罗非鱼的泛滥，为黄斑渔游蛇提供了丰富的食物

陆·有比脑袋大的鱼，都能顺畅地从弹簧式的喉咙塞进去

罗非鱼进入河道，吸引着众多白鹭、池鹭、夜鹭光顾，这些鸟都是罗非鱼的天敌。它们的吞食量都非常大，一只成年的白鹭每天可进食 4 ～ 5 斤的鱼、虾、蛙、贝类及昆虫。冬季的蛙、贝类和昆虫都进入冬眠期，城市里的河道、湖、塘只有鱼、泥鳅、黄鳝，如果气温下降，所有的水生动物都会进入深水区，泥鳅、黄鳝钻进了更深的泥层里，鹭都去了水浅的地方觅食。还好福州城市没有几天寒冷，转眼气温上升到 10℃以上，阳光灿烂的日子，大量的罗非鱼又从深水里浮到了水面晒太阳，鹭群又会聚集回来，收拾这些无序生长的外来物种。

白鹭也很挑食，如果只是为了温饱，罗非鱼其实很容易捕到，偶尔吃上一条垫肚子是可以，当主食吃白鹭似乎没兴趣，许多罗非鱼在它们面前游荡也不为所动。罗非鱼只是它们的粗粮，味道差些，外层裹了一层坚硬的鳞片难以吞食。罗非鱼的鳍也非常锋利，顺不好扎进喉管那就不是闹着玩的。它们真正喜欢的还是泥鳅、黄鳝，每次争斗抢食的场面不是泥鳅就是黄鳝。此物身上有一层黏膜，滑溜得很。长长细细的入口顺畅，估计口味及营养价值都比罗非鱼强，本地的物种比外来物种更好吃。到农贸市场买菜，商贩会说，这是“本洋”菜（本地菜），来吸引客户。福州菜馆也有打着“本洋口味”，来打造自己独特的招牌。

每次看见鹭群贪得无厌的捕食场面，多时上百只聚集在一处抢食，难道不会将它们吃到绝种吗？它们是如何与下个层级的物种维持平衡？我想从被吃的物种繁衍情况进行了解。

从鲫鱼的资料显示，年产仔也相当惊人，根据不同的冬龄产仔量从一万至数十万不等，存活率只有 5% ～ 10%，但每年也能够繁殖上千尾幼仔。泥鳅，根据不同大小的产卵在数千到几万粒，一年之中多次产卵。黄鳝的产量较少，产卵几十粒至几百粒不等，但足够维持生命的继续。从看鹭群吃到的食物，黄鳝比鱼、泥鳅要少得多，被抓到都是些较小的黄鳝，刚出生不久，没有躲避风险意识，大的都是饱经沧桑，久经沙场，经过无数次生死而存活了下来，当然会有足够的智慧保存自己。

底层的物种都有一个特点，繁殖能力强，以多制胜，靠数量来维持种族生命的延续。

城市河道如人体血管，川流不息。生命有长有短，城市的变化日新月异。老城里的河道两旁布满了老榕树，百年而成，遮风挡雨，与榕城人同舟共济，见证了城市的历史变迁、朝代更迭。

河道是城市的血管，没有水就没有城市。水没有鱼、虾、螺、贝的生存，意味着水质遭到了污染，城市血管出现了问题，就是城市的病态。所以看河道、观动物是衡量城市生存状况的重要指标之一。

当年的河道依旧，新城正在不断拓展，河道随着城市延伸，引闽江水入城，清除污泥浊水奔赴大海。世事变化，没有永恒，年年如此，代代相传。

城里的榕树，是河道最佳的守护者，发达的根系牢牢地延伸至石头的空隙处，起到加固作用。源源不断的水系也给榕树提供了充足的水源

◎淡水与海水的纠结

壹·闽江晚霞

我一直搞不明白，福州城市的海水与淡水的交接地带在哪，河口鱼（海水与淡水交接地的鱼）在哪个地段。迷惑之久，总想弄个明白。

生活在三江口的闽江鱼、虾、螃蟹、弹涂鱼等物种，是海水还是淡水物种？

答案是海水与淡水共生物种。

没道理啊，渔民说，三江口离海边有近百公里的路程，怎么会有海水呢？在海边看潮水潮落，潮上带至潮下带的界线分明，高度不可能会进入100公里远的城市中心来，除非潮上带与城市几乎在一个水平线上。

答案是许多物种适合海水也适应淡水。一般闽江水流速是稳定的，不会有潮起潮落出现，如果有这种现象一定是海水倒灌。

我在看渔民收网，捕捞的都是鲫鱼、鲤鱼，还有溪水鱼，难道这些鱼还能适应海水的生活？等涨潮时分别测试海水的盐分，亲口尝试咸还是淡？最好是抓几只螃蟹，分别放在淡水缸与海水缸，看谁活得时间长。

贰·湿地里丰富的食物，给大量的候鸟提供了食物保障

一连串的有趣问题，我很想知道，福州城市周边闽江水，哪个地方是海水与淡水交接的地方。按照闽江水没有涨潮落潮就是闽江水交界处。此处之下的闽江至海的上百公里都属淡水与海水的交融地带，潮满期，城市周围是淡水与海水，只有海水退却后，都是真正的闽江水，这河段捕捉到的物种都属于河口物种（即海水与淡水共生）。

在福州生活的人们喝的是淡水还是海水，还是淡海水，还是潮水退却后才抽出淡水？我没查到可靠证据，当然，我更希望亲眼所见的实证。任何一个人或一个研究团队，面对大自然都显得渺小，对自然的了解不可能都清楚，靠猜测、推理、照抄都显得底气不足。

贰

接下来想做个试验，捕捉闽江水中的鱼、虾、螃蟹分别放入海水缸和淡水缸，或取 50% 的海水与淡水混合，看看谁活得时间长？

办公室门口就有四口海水缸，一口淡水缸，迫不及待捞出一条鳑鲏鱼及小河虾放入海水缸里做试验。开始它们还游刃有余，看不到有不适的感觉，就是海鱼及螃蟹极度不满，轮番对鳑鲏鱼开始攻击。我想不被海水治死，也会被鱼蟹活吃了，只好捞出来放进了另一个没有凶残鱼的小缸里，沉底的小鱼、小蟹、寄居蟹对它够不上威胁，总算平安无事。

原以为风平浪静，一时半会不会有结果。一个小时后，缸里的鳑鲏鱼已经肚子朝上，漂浮在水面，我急忙捞出放进淡水缸，似乎没了生命体征，已经命归黄泉。为了一个实证，鳑鲏鱼献出了鲜活的生命，如同用老鼠做实验，人又一次显示弱肉强食的丛林法则。

死亡的鳑鲏鱼被河虾盯上，快速地拖进一角，虾前两只大钳已经从鳃部开始撕咬，光洁亮丽的身体还没腐烂，靠两只弱小的钳子，撼动比它大几倍的鱼似乎不太可能。每天在头顶上游动鳑鲏鱼早就让虾垂涎三尺，由于体量悬殊，虾只有想的念头，丝毫不敢轻举妄动，如今送上口的鳑鲏鱼，河虾自然不会放过到嘴的美食，总有它分解美食的绝招。

壹·闽江口湿地，随着潮水退却，大量的鱼、虾、螺、贝显露，给鸟类提供了充足的食物

贰·青葙无处不在，无数个芝麻大小的果子深藏花朵里，成熟后随风飘移繁衍后代

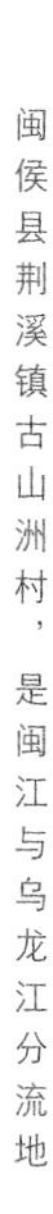

闽侯县荆溪镇古山洲村，是闽江与乌龙江分流地

河虾还在海水缸游动，难道它能适应海水的生活？看情景，一时半会不会有生命危险，如果能挺过今晚，那会颠覆对河虾的认知。

第二天上班急忙看缸里，只剩下虾头、虾爪，还有一副残缺不全的外壳，身上没有一点肉了，也不知是喂了螃蟹还是寄居蟹了，没等见到全尸，就被肢解成七零八落。

河虾在海水缸坚持了多长时间不得而知，估计比鳑鲏鱼长不了多久。鳑鲏鱼、河虾可以肯定不是河口鱼，纯属淡水鱼，与海洋无关的生物。生活在河水与海水之间，有特殊的生物进化过程，才能准确判断河口物种的生活场景。

8 月有四分之一的大潮期，选定 5 日前往闽江进入福州地段的分流地——闽侯县荆溪镇古山洲村。从这里闽江水分出两条支流，白龙江和乌龙江，穿过福州城区，又在马江（三江口汇为一水），流经长门村入海。

在古山洲村河边选择了一处观察点，对面是一座小岛，没人居住，估计水大就会被淹没，只是村民种植用地。一条能开车过去的水泥机耕路将村与岛连接。岛上大多赶时间都能过去劳作，要按潮涨潮落时间前往。今天是傍晚 7 点 20 分退潮，5 点到达时潮水还在缓慢退却，农用车、摩托车在岸边等着潮水退去，急着过去的人早就挽起了裤脚淌着急流到达对岸，对他们来说是轻车熟路。

我趁着空隙起飞无人机航拍，升到 500 米才看清了分流的全貌。两条水流在一座岛上分开，我家就在这座南台岛上，归属仓山区管辖。两边架起了无数桥梁通往鼓楼区、晋安区、台江区，另一边通往高新区、闽侯县，整个岛两岸成了福州城的亮眼地带。从上而来的闽江水在此短暂地分道扬镳，井然有序地穿城而过，然后又汇集成一条河流奔向大海。

壹·退潮后，相手蟹从泥里钻出，出现大小不等的洞穴

贰·在烂泥堆里寻找食物，送入嘴里的过滤器分解有营养的物质

高空俯视福州城，平房高楼穿插排列有序，马路车辆如蚂蚁般缓缓移动，绿色的植被压住了喧嚣的噪声，闽江水给这座城市增添了灵气。

村里的一小伙子也顶着热浪在钓鱼，看他样子并不是垂钓，而是拉杆，钩前带着一个诱饵，只要追着吃就能上钓。

我问道："钓到过海鱼吗？"

他说："这里离海远着呢，怎么会有海鱼呢，大多是翘嘴鱼、鲈鱼，这些都很凶会抢钓，还有草鱼、鲢鳙、罗非鱼。"

我说："这里不是有涨潮落潮吗，海水倒灌进来不会有海鱼过来吗？"

他也说不出个所以然来，反正没见过有海鱼，更不可能知道什么是河口鱼了。

我无法用海水盐度测量器分段测试。距离太长，要选段，还要等到涨潮时，太麻烦了，唯一可行的是抓相手蟹用海水试养，是最便捷的方法。

要想抓到相手蟹，并非易事，靠近人的地方都练就了一身的躲藏本领，几米之远逃之夭夭，只能智取。先从网上找到捕蟹工具"捕蟹笼"，原理很简单，中间笼中放些食物，在周围布满了尼龙绳索套，等螃蟹过来吃就会中招，只要大钳子伸了进去，要想退出来就会越拉越紧，可惜在湖塘里放了几次都一无所获，东西吃完了也不上套，想必螃蟹比人类更聪明，只好又到网上寻找更好捕蟹的办法。

捕蟹笼是渔民常见的一种捕蟹工具，一条有弹性的钢丝上下两圈可折叠。周围黑色尼龙绳布网，留出三个进出口。笼里放些食物，只要进去就别想再出来，进去容易出来难。从家里取出冰冻的肉放进笼里，趁着天黑，将笼子扔进了湖塘水中。经过一夜等待诱捕，第二天一早拉起笼子，已经逮着一只螃蟹，第二天如法炮制，又收获一只，个头不大，但用来尝试在海水中能否存活已经够用了。一只放进纯海水，一只放进海水与淡水各半的水中，拿到办公室，找到两个塑料盒子，按照设计的步骤进行中，满怀期待看到结果。

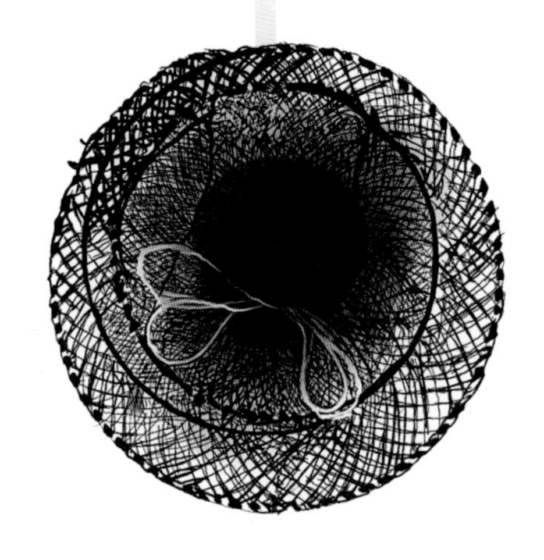

开始把螃蟹放进两个塑料盒子，虽然不高，但足以超出螃蟹的身高，加上塑料盒打滑，应该是爬不出来。不到一个小时，两只螃蟹都不见了踪影，好在办公室不大，最终在垃圾篓子一角发现。我只算到螃蟹在眼前收缩的高度，但没考虑到它两只弯曲的脚伸直的长度，当两边伸直，比四脚弯曲大了一倍，只要爪子钩到盒子顶，就可以顺利地翻越而过。又找了两个圆形，12厘米高的罐子，就是三只脚接起来都够不着罐边。白天看着安然无恙，过了一晚，两个罐子空荡荡，螃蟹无影无踪，四周封闭的办公室找遍了都不见踪影。它们如何从光滑的罐子爬出来，至今都百思不得其解。

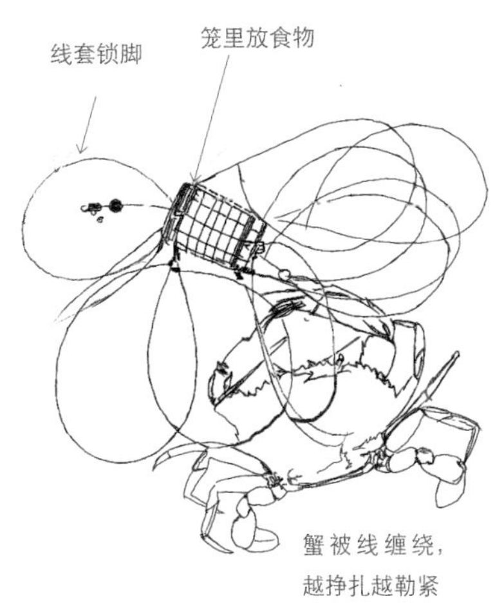

蟹被线缠绕，
越挣扎越勒紧

花了大半个月的时间，问题又回到了原点，如何抓住螃蟹是重点，希望还是寄托于捕蟹笼。从冰箱里取出了两块牛肉放进里，找到一个隐蔽的湖塘扔下去，准备放上几天再取，等肉腐烂，会有更多的除了螃蟹之外的其他物种也会进去，估计会有更多的惊喜。

希望越大失望也会越大。五天过去，正好遇上有台风，城里的河道，湖塘都开闸放水，放捕蟹笼的湖里已经没水，放下去的蟹笼也没了踪影，期待的惊喜一扫而光。是管理人员捡走还是游人取走不得而知。看着干枯的湖面，已经失去了往日的风光美景。烂泥、杂物显露无遗。我想着下一步如果再能逮着这些螃蟹。眼前的湖边四处都有螃蟹洞，不时能看见它们在外面觅食，在我眼前晃动，有挑衅的意思，想着能不能空手抓到它们。

选择一处人不常去的地方，螃蟹的警觉性差，翻堤进湖里，在一处堤岸边开始了与螃蟹的斗智斗勇。看见螃蟹进洞就想能逮着，那就太小看螃蟹的智商了，一个洞口进去，会有多个出口，里面有许多的塑料沙袋空隙，是它们能快速逃跑有利地形。如果慢慢顺着洞口去抓，都以失望告终，只有在它观望放松警惕，快速将整个泥土翻开，才能逮着。用这个办法，成功地抓到大大小小9只相手蟹，够用了。

看似简单的事，不熟悉就是不简单。经过长时间的折腾，每推进一步都会格外小心，首先是不能再让它们跑了，找了两只装矿泉水的大桶，剪除瓶口盖子通气，估计它就是有天大的本领，也不可能倒着爬出来吧。

原本想着用海水、海水与淡水综合的两种试验，其实根本用不着。只要它们能在海水与淡水中存活，河口水自然也能生存。经过半个月时间水桶里的海水饲养，相手蟹个个活蹦乱跳。只要有人靠近，它们都会迅速潜入水里，如果死了，也是饿死的。实验证明，相手蟹应该是海水与淡水共生物种。

夕阳下，相手蟹纷纷出洞，抓住最后的时机进食

我突然想明白一个道理，海水涨潮是推着淡水往上走，海水与淡水相互顶撞，海水往上推的过程中也是淡水往下聚集过程，只是海水涌进来而停止淡水的入海步伐。古山洲村，虽然是分岔口，已经远离城市中心位置，我认为涌进的海水有可能只会在琅岐岛周围纠缠，急流的闽江水不可能允许海水倒灌。福州城的周边应该是闽江流域的淡水主导。真正河口物种应该在马尾和琅岐。从古山洲村到闽侯祥谦镇龙祥岛没见到海鱼就说得通了。弹涂鱼、相手蟹存在，说明此物种适应海水与淡水的生存。

福州人生活在河口生境里，吃着海洋食，饮着闽江水，与内地人的生活环境有着很大的不同。人的一辈子，阳光、空气、水缺一不可，是生命存在的基本。

福州人喜欢喝汤，一桌酒席必须有几道汤，有“无汤不成席”之说，没有汤饭菜都咽不下喉管，所吃食物完全靠汤送进肚里。

从河口生物说到人的性格，没有科学依据，只是一说，权当胡扯。

壹·相手蟹身上的斑点与生活环境沙粒相近，极其具有伪装性

贰·相手蟹，粗粗的两只大螯，在污泥中洁白抢眼

叁·大鳍弹涂鱼

肆·螺丝，餐桌上常见的食物

伍·水葱，适应淡水与海水的河口生物（魁浦大桥附近）

燕子进城

壹·城市的电线，家燕停留休息随处可见

贰·一处荒野之地，就可寻找到建巢的泥浆

白马路上的商铺都不大，快餐式经营，加上人流量大，只要有走动的，都要填饱肚子，吃不起大餐，便宜快捷的商品符合眼下的实际情况。周围几家稍大的餐馆都关门歇业，想请个客，都找不到像样的地方。

这条繁华路上人员密集，发现“石榴姐”门店，燕子若无其事地筑起了窝，全然不顾一米之下的人头晃动，车水马龙，选择在繁华地段近距离与人为舞，融入城市大家庭之中。

鸟类当中，燕子是与人类最亲密接近的动物。以往在乡村常见，民宅屋内都有燕子筑巢习俗，人们都当是吉祥、喜庆、平安的象征。燕子在哪家筑窝，说明通风好，阳光充足。

燕子还是益鸟，专吃蚊子及有害的昆虫，农户的庄稼得到保护。在靠天吃饭的年代，燕子还可以预报天气，民间谚语道：“燕子低飞蛇过道，大雨即将就来到”“燕子来家做个窝，喜事多又多”，深得农户们喜爱，从不伤害。农户生怕鸟屎拉到堂下，都

店里的小哥时常伸手与幼仔招手逗乐

会在燕子的巢底部钉一块木板托底，任凭燕子在威严大堂之上撒野。

农村民宅通常夜晚大门紧闭，但宅院内有天井，四水归堂处，八方来财的设计理念，保持日夜天地通透。也有建造房屋时会在堂屋门上边留一个小窗，供燕子进出，也不愁主人关门开门时间。天一亮就鸣叫，叽叽喳喳地鸣叫催促报时，随后开启了一天忙碌，除了自己填饱肚子，还要照顾厅堂之上的一家温饱。

如今燕子入城筑巢也是常有的事。白马路的十字路口，繁忙的路边商铺，燕子选择了一处店门上开始了建巢。“石榴姐”的店铺，经营火锅、米线、鱼锅饭，还有重庆小面之类，是重庆风味小店。内里还算敞亮，门面贴满了光鲜亮丽的广告招牌。传说中的燕子有灵性，选择建巢的要求高。按照乡村的标准，要安全、通风、阳光充足、家庭和睦、生境好等条件衡量。有些要求在城市就不靠谱，燕子落户城里，应该说城市与乡村发生了重大变化。

建巢处用三合板堵塞住了洞口。建巢的材料——泥土粘住墙面是最重要的基础，店主人估计知道燕子是吉祥物，在门口建巢是喜事，关系到生意兴隆，自然皆大欢喜。正在猜疑时，店老板满脸笑容从店里走出来说道："燕子在上面建巢有几年了，开始由于墙面光滑，上面用油漆扫过，光滑得很，怎么也粘不住，我就找了一块纸板先粘上去，泥土就能粘住，后面几年在这里，每年都要修补，一年来抱两次窝。"

我说："你很有福气啊，这一条街十几家店面都没有看见燕子建巢，就你门前有，听说在谁家搭窝会有好兆头啊。"他一脸的笑容，顺手还伸到窝上逗着雏鸟不时地伸头。

店老板还在燕子窝的底部，找了一块木板托底，免得燕子屎拉到进店顾客的头上，招来麻烦，搞砸了生意。

店主人是长乐区农村人，知道燕子是吉祥鸟，在城里开店，有几个年头了。燕子无法筑巢时，主人伸手援助，燕子自然就认定主人的善意，人与动物产生了信赖。我想其他店面燕子也试过，光溜溜的油漆墙面无法筑窝，又没人帮助而放弃的吧。当然这种推理不能当着店主人说，那就让人扫兴，宁可信其有，不可信其无，人的精神信念会传递正能量，让自己强大。

燕子一般都在屋内建巢，可农村也发生了巨大的变化，原有的土木结构大多没人居住，从乡下搬进城里居住，留下的都是空巢，没了人气，燕子也不会久留，老宅都是人走燕离。如今进行了新农村改造建设，摇摇欲坠土木建筑老宅都换成了水泥钢筋的洋房，楼房都是按照城里的建筑模式设计，根本就没有留足燕子出入的空间。没了天井，没了庄严肃穆的厅堂，大门早开晚闭，原有的居住方式已经发生了改变。燕子似乎适应力很强，随着人们的生活改变自己的居住环境。在农村、乡镇，燕子也只能在水泥墙外搭窝建巢。城市与乡村的居住方式没啥区别，大多的农村人口都迁进了城里，燕子跟随着乡土人气，也融入城市生活。

随着城市的自然环境的改善，修复湿地公园、建造城市花园，穿城水道网、依山而建的福道，车道两旁都绿树成荫，百花争艳。有了充足的植被，各种动物、昆虫纷纷而来，生态圈自然形成。在蚊虫当道的今天，蝙蝠、燕子都是捕蚊高手，减轻了城市用农药灭蚊的次数，其他物种得以保护。

壹·郊野地选择黏土，是筑巢的主要材料来源

贰·燕巢，是靠衔满泥浆的嘴，一点点累积而成

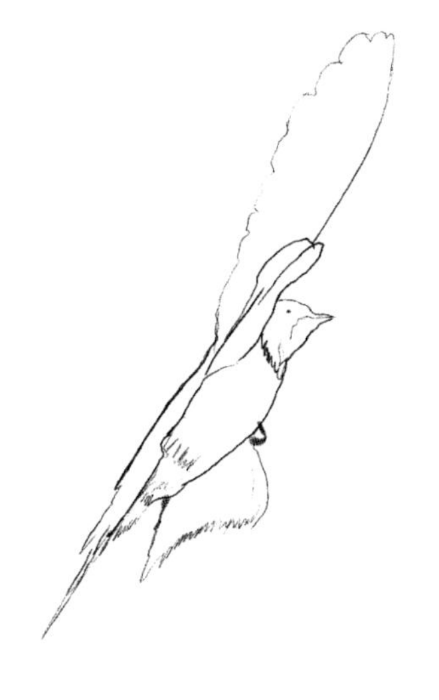

壹·麻雀是家燕的竞争对手

贰·靠近家门口建窝会更安全，人进出频繁，麻雀也会有所收敛

我家老爷子年岁已高，向往回一趟老家，泉州惠安黄塘乡美仁村（原误解成美人村）。选择五一劳动节放假5天，也想着趁机前往，去看看闽南的老屋，红墙、红砖、红瓦还有多少遗存。

泉州属发达地区，美仁村家家户户都建起洋楼，成片的闽南风格建筑所剩无几，浓缩在一处较为集中地带，是因为几座宗祠落在这片，周围的部分老屋建筑才得以留存。

此时天气闷热，大雨即将来临，低飞的燕子吸引我的注意。老宅的燕子因无人居住，而跟人迁移到了钢筋水泥楼房，找了几家都没见燕子窝，问其原因，说是有种鸟将燕子窝拆除了。这让我大吃一惊，此地还有如此霸道凶狠的鸟，能拆燕子窝，让我有些好奇。村里的人都说不清鸟名，闽南腔普通话更让我云里雾里，最终她们指向了站在墙角上的一只鸟，才明白说的是麻雀。走了几家都得到同样的回答，高高的水泥楼房有几处被损毁，村民纷纷说我听不懂的闽南话，对麻雀提出控诉，不光毁巢，还将燕子蛋、幼鸟从巢穴里推出摔死，不留后患。

村民都努力在维护燕子利益，对麻雀痛恨无比，看见都要驱赶，但麻雀是本地的菜鸟，是“地头蛇”，与人斗智斗勇还是游刃有余，人在不动，人走大开杀戒。过去的老房子燕子入户从没发生过此类事，燕子在屋内建巢，麻雀不敢擅自入内。在村民眼里，燕子是益鸟，麻雀是害鸟，“除四害”就有它，属不受欢迎的鸟类。

如今村民纷纷建起了高楼，没给燕子留下进屋的空间，只好选择在屋檐下建窝，没想到给了麻雀可乘之机。一年四季都在此地生活的留鸟，哪能容下外来燕子争食抢占地盘，还要繁衍后代，麻雀早就急红了眼，也想不通，同在村里吃住，人们为什么喜欢燕子，自己就不招人待见，燕子进屋是客，麻雀进门是贼。气急败坏的麻雀终于找到机会，村民建的水泥房，没给燕子留进屋筑巢的位置，看到失去人的保护，也就不会放过下毒手的野心，发泄心中的不满。打狗还要看主人，麻雀攻击的是燕子，打的是人脸。

重建新巢燕子变得格外小心翼翼，有的选择靠近房屋的三角位置，两面靠墙，一面对外，防守进攻都对巢穴有利。还有的建在房屋门口，有人进出给燕子带来了安全。麻雀也有所顾忌，不敢放肆。

不经伤痕累累，哪来的皮糙肉厚。海边的麻雀个个凶猛，经受过狂风暴雨的洗礼，抗击过台风侵袭，生存能力会比城里的麻雀更凶残。

立春后，进入3月底，燕子开始筑窝，一年一度繁衍后代，也是燕子最辛苦的阶段。雌雄亲鸟轮流从江河湖泊、沼泽水田、水域岸边衔泥筑巢，找到黏性的土、坚硬的麻线、结实的枯草，内部铺上柔软的干草、羽毛，外观看似疙疙瘩瘩，内部舒适无比。泥巢是由泥土和鸟的唾液混合而成，但这种生物聚合物溶液是如何为鸟巢提供足够的强度，以支撑居住者和其自身重量仍然未知。

壹·开始第一次记录

4月25日

贰·出现孵化的幼仔

5月7日

燕子每年繁殖两窝，大多从4月中下旬至5月底孵化，产卵大概4～6枚。6月上旬到7月初第二窝会少些，2～5枚，雌雄共孵卵。每年往返南北方，都能准确地找到自己的巢穴。建新巢的一般是新鸟，人去楼空或原屋拆迁，要选择新址。

5月1日，雏燕破壳而出，窝里的4枚蛋，只看见孵出2只，目前已经看不见燕子抱窝的景象，窝里还有2枚将成为弃蛋。雌雄燕子都纷纷到外面寻食，集中在上午7点至12点，下午2点至5点频繁进出，密集喂食，平均每小时喂食11.5次，雏燕的食物量相当惊人。

5月21日

陆·燕子善于空中捕食飞虫、蚊子、苍蝇、蜻蜓、蝴蝶等飞的昆虫

叁·一条街的店面，只有他的门口有燕子建窝，非常得意、白豪

5月11日

第一窝4枚蛋，产量最低数（第一次4～6枚蛋），孵出2只幼鸟，起早贪黑，历尽千辛万苦，成功将它们哺育成长。当第一窝雏鸟还未离巢，窝内又发现了3枚蛋，这是第二窝产蛋的最低标准（第二次3～5枚）燕子紧接着第二次繁殖任务。

从5月24日，有雏鸟开始站在巢外等食，另一只已经飞到外面铁架上，已经可以展翅飞翔了。从今天开始算，5月1日孵化破壳，经历24天左右的哺育，身上的绒毛逐渐丰满，正式步入成年期，加入到城市的生态生物圈里，城市又多了2名除害虫的卫士。

5月16日

肆·面对车来人往的环境，它们从小就开始适应这个世界

伍·夜晚，还在忙碌着喂食

壹·雏鸟已经站在了不远处的铁杆上等待喂食，即将自食其力

贰·雏鸟已经成型，站在巢穴外随时飞行

5月23日

6月16日观察，第二次孵化的窝里出现5枚蛋，有记载的最高标准。

7月15日，已经进入小暑期，连续高温，天气预报最高达42℃，福州出现罕见的高温天气。

7月8日

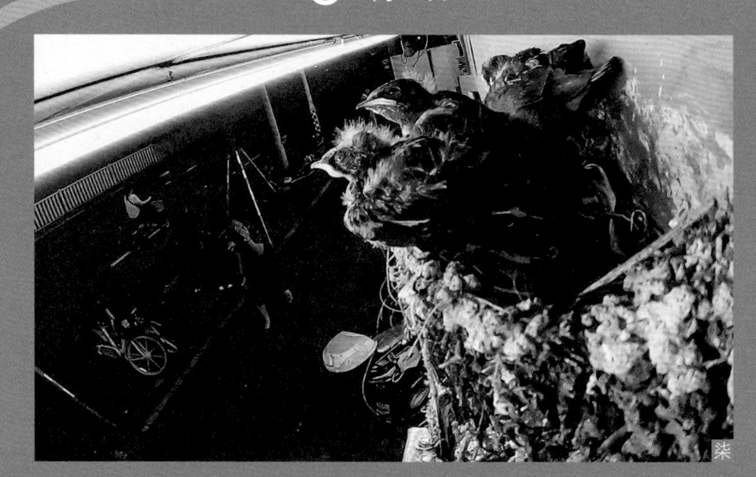

柒·剩下3只雏鸟

叁·3枚蛋又出现在巢里，开始了第二次的繁殖期

肆·开始第二次的孵化

5月24日

6月10日

每当从小店门口走过，热浪迎面扑来，不光是阳光发出的热量，还有小店里炒菜烧饭、空调排出的热气，足以让人无法停留。燕子窝建在马路边，车来人往，汽车尾气及空调发出的热量，配合着小店内热气，估计已经达到45℃，燕子已经站在了窝的外围，经受热浪的考验。估计它们的父母，也没经历过这么热的天气，从窝里出现5枚蛋开始，孵化出4只，先后夭折了2只，坚持到最后的只有2只，终于在7月15日离巢，成功地躲过热浪袭击，毕竟活着就是硬道理。后面的炎热天气还在延续，三伏天还刚刚开始。

6月29日

6月21日

陆·4只雏鸟孵化成功

伍·4枚蛋还没有孵化出来

家燕，是人类最亲近的鸟类

城里的食物没有农村的原生态，化学元素随处可见，燕子的抗体基因是否改变是个谜。地球变暖，城里的气温攀升，高温之下，人类总有法子应对，人定胜天是人与动物最大的区别。可我们身边的邻里就没那么幸运。两次的成活率只有百分之五十，值得深思，燕子进城是不是明智的选择。

在城市中，家燕大量捕食蚊、蝇为主，这两个物种是人类病毒、细菌的主要传播者。这两个物种个头不大，繁殖力超强，无处不在，卫生差的地方，就是它们生活的场所，专门找人的弱点共存，稍不注意，就泛滥成灾，数量及大小与人类不成比例，一个人对付成千上万的蚊、蝇力不从心。人们用聪明的大脑，发明了大量的化学武器。在短时间内，似乎控制了流行病的局面，从全局看，化学药品也消灭了生物链上的物种与植物，土地与水质发生变化，给蚊、蝇准备的灭虫剂，最后流入到人类自己的身体，在人身体发生变化，出现疑难杂症，华佗再世也难以治愈，只能自作自受，咎由自取，玩火自焚。

人类在发展的历史长河中，只是地球一员。自制的武器不可乱用，随意攻击，将会牵一发而动全身，人类自己的战争、杀戮充分说明了这个道理。

燕子与人比，不起眼得很，但比蚊子、苍蝇大无数倍，是它们的克星。燕子在帮助人类除害，是不可多得的益鸟，是城市生物链的重要一环，是城市的卫生警察、清道夫。燕子不仅仅是吉祥、喜庆，更是人类生命中的贵鸟。

昔日乡村堂前燕，如今闯入闹市家。燕子进城，并没有改变一年两次繁衍规律，但从农村的登堂入室到城里的闭门屋檐建窝，是不争的事实。入室与闭门，邻里关系已经变得生疏与隔阂，承认是好邻里，是个好鸟，但要想入室同住，人与人之间不是一家人都无法做到，何况是动物。

燕子无法想象人是何时改变了主意，但燕子自始至终，不离不弃地当人类是最可依赖的朋友，乡村、城市，有人的地方就有燕子的身影。在动物王国里，燕子是人类最亲近的朋友，也是人类愿意接受的邻里。

城市山林，福山郊野

因为生态研学教育，有机会踏进福州这片最大的山林之地，我认为它是这座城市最有魅力的自然生态大课堂。

福州城不缺山，城市中心地带有于山、乌山、屏山，东边有鼓山，北边有北峰、鼓岭、莲花山、罗汉山，西边的旗山、象山、金牛山，南边的大庙山、烟台山、高盖山；中部的金鸡山等。福州城市建在群山之中，众山环绕，河网纵横，城在林中，林在城中，四季常青，是最适宜人居的美丽城市。

在城市中央地带，不出城就能近距离地与动物、植物接触的要数福山郊野这座山林。由五凤山、科蹄山、大腹山三座山脉相连，城市西北片区大量居民住宅环山而居，与自然相结合的城市生存理念得到广泛认同，改善城市环境、提高城市活力与生态环境、生态系统的建设得到人们认同。如今这座城市打造了山与山、湖与湖、山与湖相通的走廊，取名“福道”而得到广泛赞誉。

夜探，是自然教育最有趣的一种方式。夜幕降临，人们经过一天的工作劳累，都进入了休息状态，但有的动物是一天活动的开始。地球就是这么神奇，造就了白天与黑夜，同时将动物与植物划分昼伏夜出。灵长目的“智人种”在白天活动，夜晚睡眠，许多动物也与人一样，划分在日出而作、日落而息的生活方式。平时看不见的夜行动物，让我们充满了好奇。

有山就有了丰富多样的植物，大量微生物、菌类出现，四季更替的枯枝败叶需要蘑菇孢子粉进行分解腐化。树木的生长有大量的微量元素，也分夜间与白天活动，地球确保公平，也将昆虫一分为二，来维持自然界的平衡。

蝴蝶与蛾同属鳞翅目，翅膀都有鳞粉，其他昆虫一般不会有此特征。成千上万种的蛾类只能在灯光诱惑下，才能发现它们大小不等，形态各异，色彩丰富，翩翩起舞的美丽姿态。要能看见众多的飞蛾，只能选在晚上观看。它是采用一种昆虫对特定波段的光的趋性，并非每种灯光都行，要选择波长 3300A 的紫外线的灯光诱导才行。除了看见飞蛾，还有甲虫、蝉虫、蚊虫、蝼蛄等，是近距离接触昆虫的最好方法，也是研学教育孩子们最喜爱的活动。

大部分的蛾都是夜间出没，白天见到大多是蝴蝶（也有例外）。夜晚活动的还有步甲、锹甲、金龟、天牛、蝽、蜡蝉、螽斯、蟋蟀等昆虫，属于最低级管理者，种类搭配与白天的物种旗鼓相当。

贰 · 日月更替，岁月轮回

壹·红蜻

贰·金长足虻

叁·棕马蜂

肆·日本蓝泥蜂

伍·异色瓢虫与麻蝇

陆·广翅蜡蝉

柒·黑跗长丽龟

捌·浓紫彩灰蝶

玖·淡黑虎天牛

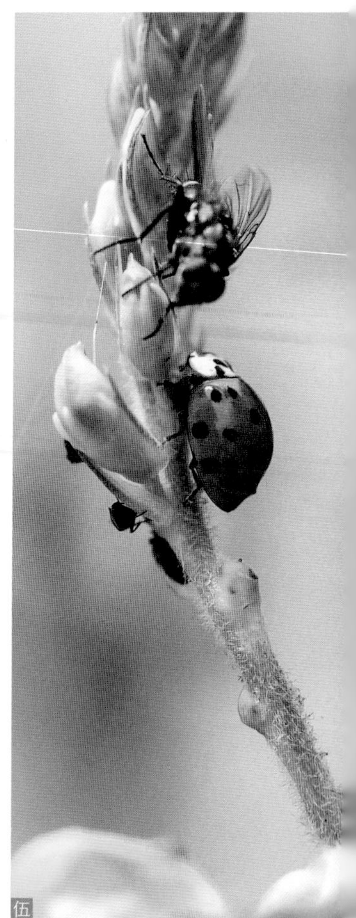

陆

柒

捌

玖

当众多昆虫出现，就少不了维护昆虫种群平衡的上层物种制衡，老鼠、蛙类、蜥蜴不约而同地到来，这些都是维护山林的更上层的管理者及领导者。

两栖爬行动物的出现，如果不能进行有效的管理，那就会无法无天，滥用自己强大的繁衍能力来扩大势力范围，山林也会遭到毁灭性打击，随后就会出现更上一级的领导者，约束眼前的局面，蛇、狸、鼬獾、食蟹獴、豹猫等动物就出现在山林里，充当老大，横行霸道。

随之而来是更高端的领导者，也是这个食物链最顶层动物：蛇雕、鹰雕、领鸺鹠等猛禽到来，它们在天空翱翔，飞来飞去，性情隐秘，除了人类，它不受任何物种的侵犯，没有人可以伤及它，人类至今都无法对它进行人工繁殖，它那高贵的种群，桀骜不驯风范，基因的独特性，让人类也无可奈何。

猛禽分为鹰形目、鸮形目、隼形目三大目；有鹰、鹞、鸢、鵟、雕、鹫、鹗等。中国境内有98种猛禽，都是国家一、二级保护动物，受重点保护的鸟类。普通民众都将天上盘旋大型鸟称老鹰，但它们分别有66种之多，称为猫头鹰的有32种，大多是夜行性的猛禽。认识老鹰是因为会抓小鸡，认识猫头鹰是会抓老鼠。

经过科考调查，已经发现郊野公园入驻猛禽有黑翅鸢、凤头鹰、松雀鹰、普通鵟、红隼、蛇雕、鹰雕7种，它们是护林员，也是这片山林的空中霸主，巡视山林的一举一动，从老鼠、蛙类、蜥蜴到蛇，都是它的囊中之物。猛禽的多少，取决山林的食物量，有效控制了蛇、鼠等无序地扩大自己的势力范围，间接地维持了山林生态平衡。

从动物生态链看山林控制权及管理方法，与人类管理人的方式如出一辙。人作为动物的一员，遵循着丛林法则，大到国家之间，小到企业之间、人与人之间的竞争，都是实力与智慧的体现，强者、胜者制定准则及规则。是人向动物学习得来，还是本性，我没有实证，只当是天意。人类了解这个世界极少，未解的科学之谜很多。

老鹰出现，意味着蛇与老鼠的存在。有蛇出现，一定有老鼠与蛙。老鼠与蛙的生活地，那一定会有大量食用果子及丰富的昆虫。一个完整的生态链不需要人去改变，只要环境适宜，自然生态链将自己修复，完整构成，这就是大自然的神奇。

每个物种的出现都并非偶然现象，一个完整的生态链出现，充分证明了这个区域的生态较为完整，是适合人类宜居的必然条件与基础。

郊野公园发现了豹猫，给生态优质增加了分数。这个动物是体型较小的食肉类，体型与家猫大致相仿。如果没有专业知识，一般碰见都会误认是家猫，就是从栈道上穿过，人们也会认为是流浪的野猫，它的形状避免与人类发生冲突，而更加得以保存。它主要以鼠类、兔类、蛙类、蜥蜴、蛇类、小型鸟类、昆虫等为食，也吃浆果和部分嫩叶、嫩草。它栖息于山地林区、郊野灌丛中，来到城市中枢地带，与密集的人类生活如此靠近，实属不易。

还有食蟹獴，俗名叫山獾、石獾、水獾等，它是喜欢晨昏及日间活动，以各种小动物为食，如鼠类、蛇类、鱼类、蛙类、螃蟹、贝类、昆虫和蚯蚓等，行动机警敏捷。食蟹獴食性较广，从有毒到无毒食物，毒蝎子、毒蜘蛛、眼镜蛇是它的最爱，像吃辣条。还喜欢在溪水中翻螃蟹，人们看见它们叼着螃蟹大嚼特嚼，才给它定下了“食蟹獴”这个名字。

郊野公园也是众多鸟类的栖息地，白鹇、白眉山鹧鸪等大型鸟类200多种，聚集了各种两栖爬行动物及昆虫等物种，山林植被的丰富，决定了动物的多样性，是确定这片区域生态好与坏的重要指标，对保持城市碳氧平衡、吸收有害气体、滞尘降尘、驱菌灭菌、降低噪声、保育土壤、涵养水源等方面都会产生巨大影响。森林不光只停留在美化城市的功能，在城市到处充斥着尘土和汽车尾气，人们渐渐忘却了泥土和青草气味的空气。当人们漫步在城市森林充满绿意的街头，仰望天空，天高云淡，远处眺望，满目绿色，张口呼吸，沁人心脾，仿佛人们又回到“天然氧吧”的自然环境之中。

郊野公园不仅是游乐、休闲的去处，这也是一座镶嵌在城市中自然生态的大课堂，是研学教育的好去处，是学生、市民向自然学习的公共场所，是如何学会尊重自然，敬畏自然，与动物、植物邻里相处，解析动物密码与智慧，对自然界产生好奇心，想象力而引发创造性的思维。

福州城，有山、林、江、河、湖、海相伴，福道相连，绿屏环绕、碧水穿城、众园棋布、林城相依，糅合诸多要素发展布局，感受美丽的“城市山林”。人的生命在自然界得到返璞归真，让你回归自然，生命的质量会发生根本的改变。

城市，一半自然，一半真实，让生活在这里的人，舒服、流连、生根。